做个高人

写给学生的随笔

黄耀新 黄含枢——著

中国文史出版社

目　录

追求崇高，做个高尚的人

燃烧激情，做个高昂的人

保持乐观，做个高兴的人

提升思维，做个高超的人

讲究方法，做个高效的人

序

我觉得，教育的根本任务就是在学生心灵中播下真善美的种子。我经常跟学生说：做人比做题重要，高尚比高分重要，志大才能行远，乐观才能幸福，独立思考最可贵，方法适当最有效。做好人不做坏人，这是做人的底线，这是所有人应做的选择；做高人不做庸人，这是做人的高标，这是青年人应做的选择。

要做高人，首先，作为人生进取的方向和目标，要远大高尚，这才能保证走在正路上；其次，要斗志昂扬，激情澎湃，而非无精打采，这才能保证坚定地走下去；第三，要乐观豁达，心态积极风趣幽默而非悲观褊狭枯燥乏味，这才能坦然笑对一路上的艰难困苦；第四，要高瞻远瞩，想得清晰透彻而非稀里糊涂，这才能保证走的是适合的路；第五，要想方设法，做得事半功倍而非事倍功半，这才能保证走得更快更远。简而言之，做一个高尚的人，做一个高昂的人，做一个高兴的人，做一个高超的人，做一个高效的人。

这些认识，如何进一步落实到教育实践中呢？我的落实方法之一，是给学生写随笔。十多年前，我开了一个辅助教学的博客，其中一项内容就叫“信口此黄”（“信口”是说这只是我的个人观点，“此黄”就是这个黄老师），写一些针对学生思想问题和学习问题的随笔之类。目的是引导学生追求崇高、积极向上、乐观豁达、独立思考、讲究方法等等；引导学生学会辨别、质疑、分析、表达等等。后来，博客式微，有了微信群，这类文章我就放到班级学生的微信群里。

虽说是“信口此黄”，哪里敢真的“信口”，常常要“捻断数茎须”的。尤其是，这些文章一定要过含枢这一关。从观点到表达，我们爷儿俩要讨论、争论，直到统一认识。女儿也是老师，对这些教育话题，不仅很感兴趣，也很有见地。

这本小书就是我从这百余篇随笔中挑选出来近五十篇编成的。按照“高尚、高昂、高兴、高超、高效”做了大致的分类，个别的稍作修改。为了让每部分篇目的数量大致相同，有些同一主题或同一题材的文章，合并到一起了。

另外，《2019年教师节上的发言》一文不是直接写给学生的。因为学习和工作同样会面对许多困难，如何正确地面对困难，正确地对待学习，道理是相通的，所以也给学生看了。

2021年7月12日于潞河中学

追求崇高

做个高尚的人

我以我血荐轩辕

——说爱国

从国家产生那天起一直到今天，都提倡爱国，并且会一直提倡到未来国家消亡的那天——假如真有那一天；从亚洲到欧洲到美洲到非洲到澳洲的所有国家，无论哪一个，都提倡爱国。

爱国是由自己的生活环境决定的，是生来就注定了的。人都爱自己，自虐狂是病态；人都爱自己的家，败家子大多不是有意败家，主观上也爱家，真想败家的既有特殊原因又是极少数；国是大而言之的家，是和自己同类（多是从族群角度说的）的人组成的一个集团，人都爱国。人与国，好比毛与皮，皮之不存，毛将焉附?

国，是一个大的利益集团，与每个国民的利益息息相关。强国子民不受侵略者欺凌，富国百姓生活有更多保障；治世之民安居乐业，乱世之民流离失所。如果自己的国家被灭掉，自己就叫“亡国奴”，任人宰割，尊严乃至生命，随时可能失去。而国家的强弱治乱，与国民是否爱国关系密切。新中国成立前后，中国人的爱国热情空前高涨，即使强大的日本帝国主义和美帝国主义也可以战而胜之。

人需要归属，相对于他家人，家是归属；相对于他国人，国是归属。在洋人面前，国荣我荣，国耻我耻。中国运动健儿在世界赛场上拿了冠军，我欢呼，因为他也代表我。“东亚病夫”“支那猪”“华人与狗不得入内”，哪个中国人听着顺耳？就像没有家是流浪一样，没有国也是流浪，只是这流浪有时不是身而是心。

爱国是常识，无须探究。爱国是公理，无须证明。

爱国是国民的行为底线，没有理由跌破它。

但，跌破这条底线的，不乏其人。其中最恶劣的，是以牺牲国家利益来换取个人利益的人。比如贪官污吏，比如汉奸卖国贼。因为国家利益就是国家政权的利益，也是全体国民的利益，所以这类人的行为实际上是损上害下的，注定没有好结果。生前大多没有好下场，生前侥幸的死后也肯定逃脱不了历史的惩罚。赵高秦桧汪精卫之流，就是铁证。

爱国底线不可破。对祖国，除了爱，别无选择。爱国不是喊喊口号，说说就行；爱国不是默默祈祷，想想就行。爱国要切切实实行动。

不做不该做的事。一切违法乱纪的事、违背道德的事，都是不该做的事。不闯红灯，不随地吐痰，不坑蒙拐骗，不杀人放火，就是爱国。

做好分内的事。谢觉哉说："爱国的主要方法，就是要爱自己所从事的事业。"工人好好做工，农民好好种田，军人好好站岗，是爱国；学生坐在教室里好好学习，老师站在讲台上好好教学，是爱国；家庭妇女做好家务，相夫教子，和睦邻里，也是爱国。

去做该做的但未必是分内的事。"家事国事天下事，事事关心。"节水节电、做志愿者、见义勇为等等也是爱国。

在个人利益与国家利益不一致乃至冲突的时候，主动选择国家利益而牺牲个人利益乃至生命。文天祥面对威逼利诱，"臣心一片磁针石，不指南方不肯休"；林则徐哪怕流放，"苟利国家生死以，岂因祸福避趋之"；黄继光用胸膛堵住敌人的机枪眼，"捐躯赴国难，视死忽如归"；邓稼先用心血造出两弹，国防有了牢不可破的盾牌；当年许多热血青年到祖国最需要而不是挣钱最多的地方去：这是爱国的典范。

爱国需要理性。与某国发生矛盾，就不分青红皂白砸某国牌子的车；与某国发生矛盾，就在网上发表一些过激的言辞……这好像特别爱国，实则未必。

爱国行动何时何地何人都该做，都能做。如果国人都像鲁迅那样"我以我血荐轩辕"，把一腔热血献给祖国，祖国将无敌于天下。

卓越和为公

诗人、翻译家王佐良在清华建校八十周年校庆感言上说，清华人“做学问必须要有最高标准，而取得学问却是为了报效国家。简单说，就是卓越与为公”。

卓越，即超出一般。清华人是精英，本就超出一般，他们自然追求卓越。普通人要不要追求卓越？我想，要的。一者卓越可以是相对的；再者，追求卓越，不意味着非得做到卓越。人不是温饱就可以满足的动物，总是要获得更好的生活条件和更高的精神需求。因此，几乎人人都要精益求精，都在追求卓越。

为公即报效国家。人是社会动物，社会分工决定了“人人为我”“我为人人”。任何人的生存和成长，都离不开他人和国家的支持，“有国才有家”。个人的成长及生活质量与生活环境（小——他人，大——国家）密切相关，为公理所当然。

就具体的个人而言，卓越如果为私可能会在物质上让自己生活得更好。但自私、物欲离动物性更近。要人的生命更有意义，离动物性越远越好。“红色资本家”荣毅仁把千亿家产捐给国家，葛朗台死守黄金密室，前者被称道，后者被嘲笑。那些虽然卓越但为私利蝇营狗苟的人，要么被钉在历史的耻辱柱上，要么淹没在历史长河中；那些公而忘私舍生取义的卓越者，英名被镌刻在纪念碑上，流芳千古。

从国家角度看，卓越和为公的意义更容易理解。只有国民既追求卓越又能为国为民，国家才能发展进步。陈独秀、李大钊、毛泽东、周恩来等一批卓越的人奋起救国，才让中国人民站起来；钱学森、邓稼先、屠呦呦、袁隆平等一批卓越的人献身祖国，才让中国强起来。

从传统文化角度看，儒家讲究一个人要“修身齐家治国平天下”。“修身”就是追求卓越，“治国平天下”就是为公。卓越是人生目标的高度，是能力标准；为公是人生目标的价值取向，是道德标准。卓越又为公，就是德才兼备。这是自古以来的人才标准。司马光在《资治通鉴》里分析智伯时写道：“才者，德之资也；德者，才之帅也……才德全尽谓之圣人，才德兼亡谓之愚人，德胜才谓之君子，才胜德谓之小人。”今天的人们把这几句话编成四句顺口溜：“有德有才是正品，有德无才是次品，无德无才是废品，无德有才是毒品。”

卓越和为公是互相促进的。

卓越才能更好地为公。毛泽东、周恩来、邓小平等是不世出的卓越的政治家，才能让中国人民站起来、富起来、强起来。钟南山、张伯礼、陈薇等是世界一流的卓越的医学专家，依靠他们的专业能力，中国才成功地控制住了疫情。

为公，也可以让人更加卓越。张载说：“志小则易足，易足则无由进。”为公则志大。毛泽东“问苍茫大地，谁主沉浮”，鲁迅为改造国民性而“揭出病苦，引起疗救的注意”。为公之大志，让他们功勋卓著，彪炳史册。

“卓越”和“为公”不仅是一所大学培养学生的标准，也应当是我们每个人对自己人生的要求。公人人可为，卓越虽非人人可为，但人人可追，人人可以离卓越更近些，从而更好地为公。我们无论是谁，不论从事什么工作，都应该追求卓越，报效国家。

劝　　笨

黄老师曰：笨不可以少。

“笨”，竹字头，显然与竹子有关。《说文解字》里说：笨，从竹，本声，本意为竹里也。《广雅·释草》里说：竹的表面叫作筤，里面名笨，其白如纸。古人本用笨来形容女孩之纯洁可爱，就如白纸一张。笨，是一种人品。

本文所说的笨，由本义而来，喻指纯洁、质朴；是个性，不是智力，也非价值观。

为什么谁都喜欢《神雕侠侣》里的小龙女、《边城》里的翠翠？最主要的原因当是她们冰清玉洁，天真自然，清纯质朴，洁如白纸。素净，干净，纯净；没有掩饰，没有夸饰，没有矫饰。赤子一般的真，山泉一般的美。对于一个人来说，笨意味着真，也往往意味着美。

一个笨人，纯洁质朴，心里没有那么多弯弯绕，不假思索，会把看到眼里的、听入耳中的真真假假全都当真，眼里很少污垢，心里亦无肮脏。即使理智上知道社会复杂，坏人众多，可面对一个具体的人，也总是不自觉地把这个人当成好人，把他的话全当成真话。从不算计别人，也从不去提防别人算计。就如王宝强饰演的傻根，在贼面前依然坚信天下无贼。

还记得苏东坡和好朋友佛印禅师之间的一个小故事吧？一次，他们俩约定要在入静之中查看一下对方是什么样子。苏东坡查看后说佛印像一堆粪。佛印却说苏东坡像一尊佛。苏轼回家后把这件事告诉小妹，聪颖过人的苏小妹听后笑着说，参禅的人讲究的是见心见性，心中有眼中就有。佛印说看见一尊佛，那说明他心中有尊佛；你说佛印像一堆粪，想想你心中有什么吧！

心中有什么才是幸福的？显而易见嘛！

笨，就想得少，未必想不明白，而是不去想，因而就不累心。笨，在这个竞争、算计的社会里，物质上可能会吃亏，但幸福指数一定高于不笨的人。如果从总体上长远地看，笨，也即真，物质上却也未必吃亏。“炮制虽繁必不敢省人工；品味虽贵必不敢减物力”的百年老店同仁堂可以为证。总之，笨人，易于拥有一个幸福的人生。不笨呢？苏东坡曾感慨：“人皆养子望聪明，我被聪明误一生。”王熙凤“机关算尽太聪明，反误了卿卿性命”。

鲁迅在《忆刘半农君》中说：“假如将韬略比作一间仓库吧，独秀先生的是外面竖一面大旗，大书道：‘内皆武器，来者小心！’但那门却开着的，里面有几支枪、几把刀，一目了然，用不着提防。适之先生的是紧紧地关着门，门上粘一条小纸条道：‘内无武器，请勿疑虑。’这自然可以是真的，但有些人——至少是我这样的人——有时总不免要侧着头想一想。半农却是令人不觉其有‘武库’的一个人，所以我佩服陈胡，却亲近半农。……半农确是浅。但他的浅，却如一条清溪，澄澈见底……”

可见，刘半农应该就是上文我们所说的笨人。在现实生活中，“半农式”的笨人，我们当然也愿意“亲近”的。

笨，于人于己都有益。社会若是笨人多，办事成本就会大大减少。（如果全世界都是笨人，《庄子·天地》中所描述的“上如标枝，民如野鹿”那样的真正的自由社会就出现了。）

笨就不会讨巧，不走捷径。从这个意义上说，我们的学习生活，笨也不可以少。

笨学生严格按照老师要求去做，不去敷衍，不找捷径，不求省力，不折不扣，孜孜矻矻。不笨的学生，可以投机取巧还下什么笨功夫？抄答案就能应付的作业何必三更眠五更起？只要能得高分作弊为什么不？能靠背诵名句得分谁还背诵整段整篇？……

潞河中学 2017 届毕业生徐睿晨，区高考状元，语文是当年北京城六区之外唯一过一百三十分的，他是普通班学生，从来都是乐呵呵的，跟谁都没有矛盾，跟谁都客客气气，心理状态极佳。学习特别扎实，能做到的一律不折不扣地做到，没有半分偷懒，是典型的“笨”学生。

谁下真功夫，谁长真本事。“捣鬼有术，也有效，然而有限，所以以此成大事者，古来无有。”鲁迅的论断是真理。

笨可以少吗？

如何看待“义与利”

——从《孟子见梁惠王》说起

课文《孟子见梁惠王》不到二百字，全文如下：

孟子见梁惠王。王曰：“叟！不远千里而来，亦将有以利吾国乎？”

孟子对曰：“王！何必曰利？亦有仁义而已矣。王曰‘何以利吾国’，大夫曰‘何以利吾家’，士庶人曰‘何以利吾身’，上下交征利而国危矣。万乘之国，弑其君者，必千乘之家；千乘之国，弑其君者，必百乘之家。万取千焉，千取百焉，不为不多矣。苟为后义而先利，不夺不餍。未有仁而遗其亲者也，未有义而后其君者也。王亦曰仁义而已矣，何必曰利？”

梁惠王要“利”，孟子给的却是“仁义”，好像与“利”相反。仔细看看，孟子驳斥梁惠王的结论是“上下交征利”

则“国危”，“未有义而后其君者也”。也就是说，讲究“利”对王有“害”，而讲究“义”才对王有“利”。在这段文字里，显然义的依据也是利，孟子是直接回答梁惠王问话的。

孟子的话逻辑清晰，很容易理解，梁惠王绝不会听不懂，也很难不信服。但后来梁惠王并没有采纳，为什么呢？因为与梁惠王争利的除了下面的大夫，还有外面的诸侯。梁惠王讲义其他诸侯不讲义，梁惠王照样会亡，只不过不是被大夫灭亡而已。后来的历史是：梁惠王（或者说魏国）被不讲仁义的“虎狼之国”秦灭掉了。

如果梁惠王按照孟子说的去做，能不能立于不败之地呢？大约也不能。春秋中前期宋国的国君宋襄公，是一个颇有作为的政治家，以讲仁义见称，重用贤臣，宋国大治。可宋却几次被强大的楚打败，泓水之战中宋襄公不幸中箭，不久辞世。宋国最终为强大的齐国所灭。

是不是孟子的话远离现实逻辑，是迂阔之谈呢？也不是。“三家分晋”就是下面的大夫灭了上面的诸侯，而“三家”中的“魏”就是梁惠王的祖先；齐是姜姓，战国时被大夫田氏所篡……

在“强凌弱、众暴寡”的大背景下，以魏国之弱，梁惠王是否听从孟子都难以万全。

不替梁惠王想了，回到义与利关系的讨论上。

孟子的话已经告诉我们，从更高一个层面讲，义是利的手段，义往往能保证更长远的利。也不难理解，利往往是行义的基础。比如诚信是符合“义”的，公司诚信则利益长远，社会诚信则秩序井然。公司有了更多的利，就有更大的能力做公益，社会秩序井然，就会为社会成员提供更美好的生活环境。

如果只要行义就能获得远且大的利，只有行义才能获得远且大的利，一切就好办了。

难的是，事实上，有时行义不获利甚至受害，比如农夫和蛇的故事；更严重的是，某种情况下不义而获取的利不仅大也长远。

义和利并不像黑和白那样分明，一眼望穿，实则关系复杂。

为了说得更清楚，这里还得明确一下概念。“利”无须多说。“义”是什么呢？《中庸》上说：“义者，宜也。”宜，合适、应该。我们可以简单地理解为：“义”是根据是非来判断和处理问题，是看事情本身该不该做，不考虑利害。（而“利”则是根据利害来判断和处理问题。）

基于上面的认识，在通常情况下，我们每个人应该：

一、取利不违义

“天下熙熙，皆为利来；天下攘攘，皆为利往。”人皆取利，是亘古以来的事实，是生存之道，必须的。我们尽可以理直气壮地取利，但绝不可违义。不巧取豪夺，不坑蒙拐骗，不偷工减料，不缺斤少两，不以假乱真，不以次充好……你获利越多越好。取利不违义，这一条是不能跌破的底线。跌破了，就是害人，最终也害己。三鹿奶粉事件就是最好的注脚，那些利欲熏心的人，害了许多婴儿，最后自己也被绳之以法。取利不违义，这是做人起码的标准。违义，就是坏人。

二、取利亦取义

利和义在许多情况下并不矛盾，是可以兼得的。利己的同时不忘利他，在保证自己利益的前提下，不仅不损害他人利益反而照顾他人利益。柳宗元记载过一个叫宋清的药商，他好好招待采药人，专售好药。病人、医生都愿意用他的药。即使是赊欠也给病人好药。到年终有些赊药人不能还债，宋清就把债券烧掉。四十年来，烧掉了数百人的债券，这些人中有的做了大官后回报宋清，酬报丰厚。即使赊欠到死的人很多，也不妨碍宋清成为富人。

北京的王永是一家品牌设计公司的董事长，他坚持开“顺风车”，无偿搭载乘客。有些搭车客受他的感染在自己有车后也主动免费搭别人。这样做不仅可以互相帮助，创造和谐；还可以节能减排，也是解决车辆拥堵的好办法；自己一路上也不会寂寞；道德感也会带来幸福感。

像宋清和王永这样，不影响自己获利，又帮助了别人，义利双收，何乐而不为呢？

三、取义舍利

舍利取义，社会上一直不乏这样的人和事。拿出自己的钱财，修桥补路，扶危济困，助学救灾，热心公益事业，乃至毁家纾难……当然，某些人这样做，是沽名钓誉，是变相广告，行义是幌子，目的是更大的利。在我看来，即使这样，只要不违法，也无可厚非。取义舍利是中华文化的优秀传统。关羽留下“义气千秋”的美名，重要原因就是他舍弃曹操给他的那么多利益，挂印封金，千里寻兄。取义舍利，公而忘私，无疑是高境界。

无论舍利与否，取义，就是好人。这是做人较高的标准。当今社会，物欲横流。“利”成了许多人的唯一标准，与他人的关系就是金钱关系，结果是“穷”得就剩钱了。这些人见利忘义，不择手段谋财；精神空虚，寻求不健康的刺激，以致社会上贪贿、拐骗、黄赌毒盛行。可见，“利”被过分强调，其害太大。无论马克思的辩证法思想还是儒家的中庸思想都告诉我们，过犹不及。义与利，不可只重一端。我们至少取利不违义，最好取利行义，关键时刻舍利取义。

“利人”也就是义，“损人”当然就是不义，“义”“利”面前如何选择，我有如下两段顺口溜：

其一：

“不损人利己”是底线，
“损人利己”是坏蛋，
“利人利己”是好汉，
“损己利人”是模范。

其二：

只想自己格局小，
忧国忧民境界高。
利害判断较私利，
是非判断义旗飘。

如果把“义和利”换成“公和私”，南街村有经典的表达：

大公无私是圣人，
先公后私是贤人，
公私兼顾是好人，
先私后公是庸人，
损公肥私是坏人。

留取丹心照汗青

——谈圣与俗

圣与俗的分野，在于心灵的选择。

心灵的选择不同于一般的选择。不受任何条件限制、完全自主的选择才是心灵的选择。不要以为“选”则需要“想”，“想”则用“心”，于是任何选择都是心灵的选择。其实，“心”是思维，而不是心灵；“心”是智，而心灵是德。所以，心灵的选择是烛照灵魂、显示人格高下的选择。面对人生世事，在心灵的天平上，选择崇高则圣，反之则俗。圣者心灵选择的标准是真，是善，是美，是利他；俗者心灵选择的标准是名，是利，是权，是为己。

我们用司马迁的几篇文章——《报任安书》《廉颇蔺相如列传》《屈原列传》，看看圣者与俗人是如何进行心灵选择的吧。

司马迁与李陵非亲非友，更没有受人请托，他当然知道，替李陵辩白，极可能惹下大祸，可他仍要“逆龙鳞”。俗人会觉得司马迁真是没事找事，救不了别人，又搭上了自己，何苦呢？司马迁受了奇耻大辱后，俗人会说："瞧你，活着比死还难受，不挣大钱不升官，却为写什么劳什子《史记》打熬着，真不值。"可太史公拥有的是一颗崇高的心，他要"究天人之际，通古今之变，成一家之言"，探究合理的天人观，探究历史变化发展的规律，综合百家思想，为万世立言，怎能做出别的选择呢？

面对廉颇的挑衅，蔺相如一再退让，连门客们都感到丢人丢到了不能容忍的地步——"请辞去。"俗人会说："真是邪了门了，蔺相如连秦王都不怕，又是赵王的新宠，怎么就怕廉颇了呢？莫不是他有什么把柄攥在廉颇手里？"按照俗人的逻辑，想炸了头也弄不明白蔺相如如此选择是因为他有一颗公心，他要"先国家之急而后私仇"。

廉颇不服蔺相如，不仅明确表示"不忍为之下"，而且扬言："我见相如，必辱之。"俗人会说："真是一介武夫，不服也不能明来，人家比你红，官也比你大，能这么争吗？你该笑脸相迎，脚下使绊子。"哪知廉将军拥有的是一颗坦荡真诚的心，他不会阳奉阴违；所以，当得知蔺相如是为国而让时，私心才会立刻败给了公心。

在俗人看来，屈原更是不可思议。"清""醒"值几个大钱？你非要"独"有？你非要以命相殉？你退一步，海阔天空嘛。你可以"结庐在人境"，"采菊东篱下"。嫌清苦，你可以出国求仕，凭你的才学、名望，还愁求不到"黄金屋""千钟粟”“颜如玉”？怕别人说闲话吗？没关系，君不闻“良禽择木而栖，良臣择主而仕”吗？如果你实在是天生的恋旧，舍不得家乡，那就也跟着“浊”，跟着“醉”，多往令尹府跑几趟，拣大王爱听的说，凭你的血统、才望，还怕谋不到正部级？也怕说闲话？还是没关系，“众人皆浊”，谁说谁啊，况且西哲有言：“我走我的路，让别人去说吧！”

屈原啊屈原，谁能理解你那颗“瑾瑜”之心？你选择高洁正直，你又选择执着为国。你高洁正直，污浊邪曲之国怎能容你？你执着为国，可以保持高洁却不问国事的世外桃源怎会是你的选择？可以施展才华却只能为他国建功立业怎会是你的选择？你固守着高洁正直，为国已无法为，且国已病入膏肓，欲救不得，欲躲不能，眼睁睁见其灭亡，你如何能忍？于是，你选择了死，你投江的一瞬，变成了永恒，永恒的高洁，永恒的爱国。

司马迁、廉颇、蔺相如、屈原无不告诉我们：心灵的选择，是圣者的选择。其实我们每一个人，都应该选择崇高，选择成圣，做一个大写的人，“留取丹心照汗青”。

说说苏武

其一，关于苏武的十一个为什么

中华民族历史上伟大的爱国主义者中，苏武当是最有民族气节的。他的感天地、泣鬼神的爱国主义精神，一直为人们所称道，反复出现在历代的诗词、散文、辞赋、戏曲、小说之中。《苏武传》附见于《汉书·李广苏建传》。高中语文教材上的课文《苏武传》节选了其主要内容。

这篇文言文由于语言和历史等原因，读起来有很多疑惑。下面我就把这些问题整理出来，以一个语文老师而非历史专家的视角，一一解答。解答的依据立足于作品原文，但不局限于原文，还伸展到历史、文化当中。分析力求历史地辩证地看，讲求事理逻辑和生活逻辑。因为不是历史专家，使用的是“我想”“也许”“可能”“应该是”“咱们共同讨论”“仅供参考”等词句。

一、匈奴为什么不杀苏武?

苏武是汉朝使节，用今天的话说，是代表国家的外交官。针对使节的行为不是针对个人，而是针对一个国家，匈奴不能轻易处置，所以，“单于怒……欲杀汉使者”，也必须“召诸贵人议”，不能想杀就杀。“议”的结果是采纳左伊秩訾的建议，“宜皆降之”。

苏武背后的大汉不比匈奴弱小。杀了汉使，汉焉能不复仇，所以苏武在怒斥卫律时说：“欲令两国相攻，匈奴之祸从我始矣。”

苏武的表现也让单于对苏武没有了杀心。苏武为了尊严自杀，“单于壮其节，朝夕遣人候问”，表明已由怒转敬。后来卫律威逼利诱，遭到苏武怒斥，“律知武终不可胁，白单于。单于愈益欲降之”，单于“愈益欲降之”，即是更加尊敬苏武。苏武一直坚守节操，绝不投降，单于当然更加敬仰。君主最喜欢的是永不背叛的忠臣，苏武越忠诚，单于越喜欢，越想降服而为己所用。

二、卫律为什么不杀苏武但折磨苏武?

卫律自然要遵照会议精神“宜皆降之”来办理，同时劝降汉使也是功劳一件，所以苏武自杀时，他“自抱持武，驰召医”，赶紧施救。后来苏武态度强硬，坚决不降，卫律为何不杀？一是单于对苏武有好感，不想杀，卫律得不到杀的命令。二是卫律自己也不想杀，卫律“不顾恩义，畔主背亲”，他的行为一定会遭到很多人的指责，苏武和卫律一样是汉朝的正使，如果苏武也降，他遭受的指责就会被苏武分去一些，古人的说法叫“分谤”。苏武不降，反衬他变节的丑恶，并且在劝降时，还被苏武大骂一顿，所以卫律对苏武恼恨。卫律和单于一样，都特想让苏武叛降。而苏武不降，单于“壮其节”，是敬；卫律则是恨。所以，卫律狠狠折磨苏武，既想让苏武忍受不了而降，又泄心中之恨。

三、匈奴为什么非要苏武投降？

就文中具体情节而言，单于“壮其节”，喜欢苏武，想收降；卫律欲“分谤”，想劝降。就当时社会的大背景而言，匈奴愿意收降汉人。汉朝官员有政治斗争的智慧和经验，会在匈奴内部及对外的斗争中发挥很大作用。汉人有先进的战略战术，掌握汉朝军事情报，能在对汉朝的战争中发挥很大作用。汉人归降还能推动匈奴思想、文化进步。投降者带去大批中原将士和百姓，能推动匈奴农业、手工业及建筑技术等的进步。所以，匈奴愿意收降汉人。

四、苏武为什么坚决不降？

首先，苏武就像屈原、岳飞、文天祥等一样，是坚定的爱国主义者。他的爱国主义思想从哪儿来的？教育。任何时代，爱国的教育都是主流的教育，苏武自然会不例外地接受过爱国教育。苏武那个时代，忠君等于爱国。苏家世受皇恩，苏武父亲被封侯，苏武“少以父任，兄弟并为郎”。苏武接受的教育和自己的经历，都会让他树立牢固的忠君思想。其次，苏武是一个意志坚强、执着坚定、把名节看得高于生命的人。那些降者则是把生命看得高于其他。苏武为了名节，要面对常人无法克服的困难，活得极艰苦但心中无愧，大义凛然。而降者过着富贵的生活但心里不安，看看李陵的心理——“陵见其至诚，喟然叹曰：‘嗟乎，义士！陵与卫律之罪上通于天。’因泣下沾衿，与武决去。”——就清楚了。为名节而死、而活，就将流芳百世，永垂不朽，这也应该是苏武的精神支柱之一；而降者只为眼下活着，为生命而变节苟活。第三，降者保住了自己的生命，却连累了在汉朝的家眷，降者的家眷一般都被灭绝。不降，自己的生命没有保障，却会保全家人。

五、苏武是愚忠吗？

苏武不是愚忠。愚忠通常是忠于个人。而苏武，强调的是忠于大汉，或者说是忠于国家、民族。即使是对汉武帝的忠诚，也难说是愚忠。上文说过，苏家世受皇恩，苏武父亲被封侯，苏武“少以父任，兄弟并为郎”。西汉的贵族世袭制是只有一个儿子有资格袭爵，苏家哥儿仨都“以父任”，做了郎官，皇帝对苏家是格外恩宠的；郎官品级不一定多高，但是是皇帝身边的官，显示了皇帝对苏家格外信任。皇帝与苏武存在恩义关系。苏武的兄弟苏嘉和苏贤的自杀，很难说是皇帝的责任。哥儿俩都有严重失职的行为，我不懂汉律，但那个时代涉及皇帝的事，法律极其苛刻是没错的，或许哥儿俩犯的就是死罪，于是自杀。看苏武的个性，发现苏家兄弟身上有“侠”的品格，宁死不辱。苏武也曾为了不受辱而自杀，只是卫律动作快，未遂而已。苏家哥儿仨刚烈，不受辱，以死来承担责任，是有个性因素的。至于苏贤“惶恐饮药而死”，也许是李陵挑拨的话，况且，怕的是皇帝还是法律（受辱）也难说。所以，苏氏兄弟的死，账算在皇帝身上应该是李陵的挑拨说辞。苏武即使忠于汉武帝也应该，算不上愚忠，更何况那个时代是家天下，忠于皇帝大致等同于忠于国家。

六、为什么那么多人投降？

第一，活命哲学，把生命看得高于一切。第二，意志不坚强，信仰不坚定。第三，受匈奴器重。卫律、李陵封王。单于还将女儿嫁给李陵。对于一些大人物，原因要更复杂一些。比如李陵，投降大约有对汉朝失望的因素。李陵祖父李广功高不封侯，李陵降后全家被族灭，汉朝的政治环境不好。比如卫律是胡人血统等等。

把尊严、信仰、责任看得比生命还重，能够经受常人难以承受的折磨，可以说是超人。苏武就是超人。常人毕竟远远多于超人，投降的人大都是常人，所以多。

本文写投降的人多，也有写法上的考虑，让众多降者反衬苏武。如果苏武那样的人并不罕见，苏武还是苏武吗？

七、苏武为什么先自杀后又顽强求生？

一言以蔽之，为了祖国的尊严。死，可以维护尊严，就自杀；活，可以维护尊严，就强活。

先说两次自杀。第一次，“‘事如此，此必及我。见犯乃死，重负国。’欲自杀”。被匈奴审讯，就会给国家带来耻辱，自杀可避免审讯也就避免了耻辱。因为这时是推断，还不是摆在面前的事实，苏武的自杀还不是坚决的，所以“胜、惠共止之”。（谁愿意死啊！）第二次，“单于使卫律召武受辞，武谓惠等：‘屈节辱命，虽生，何面目以归汉！’引佩刀自刺”。这回接受审讯是摆在面前的事实了，苏武就断然自杀，不是卫律动作快，苏武就活不成了。苏武的自杀，不仅维护了尊严，还赢得了单于的好感——“单于壮其节”。

再说顽强求生。前面是“单于使卫律召武受辞”，接受审讯，后来则是“单于使使晓武。会论虞常”，单于按外交礼节正式派使者通知苏武，参加对虞常的审判会议，对苏武是尊重的。所以苏武这次没有自杀。在审判会上，卫律斩虞常，降张胜，“杀鸡儆猴”；对苏武以“相坐”诬陷，以剑威胁，以富贵诱惑，欲降苏武，都毫无效果。苏武义正词严，大义凛然，既表明了坚决不降的决心，又成功地表现了汉使的尊严，维护了国家的尊严。匈奴知道威权、富贵无法征服苏武，便以摧残苏武肉体的方式来征服其意志。所以苏武的反抗也由求死而变为求生。他求生的前提与支柱是汉使的身份，所以他“杖汉节牧羊，卧起操持”。

苏武完全将生死置之度外，考虑的只是汉朝的荣誉和利益。

八、苏武是怎么活下去的？

显然，苏武主要是靠坚定的信仰、坚强的意志活下去的。虽然他的物质生活极其困难，但精神生活可谓充盈。俗话说，人活一口气。苏武受到最严重的折磨当在初到匈奴时，“始以强壮出”，表明那时苏武身体正壮，苏武能够活下去也有身体原因。另外，苏武过着极其艰苦的生活，主要是开始的一段时间，并非十九年一直那样。

苏武，是民族的脊梁。任何一个民族对本民族这样的人物，都会崇敬有加。我们做苏武，就是一个大写的人，就会被全民族记住、敬仰。做不了苏武，起码也要做一个崇敬苏武的人。

九、苏武在流放中与一个匈奴女子结婚并育有一子，对苏武的忠于汉室有影响吗?

第一，宋明以前婚姻比较自由，“跨国”婚姻常见，倒是国内贵族与贱民之间常常不准通婚。第二，苏武的外交使命和外交思想都是汉匈和解。第三，他作为一个自然人的需求，这个需求不只是生理上的，还有生活上的。我想，苏武与匈奴女子结婚生子，对他忠于汉室应该不会有影响的。后来汉朝皇帝得知苏武在胡地还有一子，就让汉使带了回来，也封了官。看来，皇帝并没有太在意这事。

十、常惠与苏武同在匈奴忍受了十九年的折磨，皆矢志不渝，甚至苏武能成功回到汉朝，都是常惠的智慧，可为什么苏武的名气流传千古，妇孺皆知，而常惠却几近湮没无闻?

第一，职务关系。苏武是正使，常惠是“假吏”（临时充任使臣属员）。匈奴针对的人主要是苏武，经受严峻考验的也是苏武；汉使的责任也在苏武。班固的记述也必然突出苏武。第二，苏武的事迹被编为民间故事和戏曲（秦腔、昆曲、京剧等等），广为流传。就像宋江起义，虽然历史影响很小，但因《水浒传》而家喻户晓。历史人物一旦进入文学作品，尤其戏剧小说这种适合大众传播的形式，就会广泛传播，妇孺皆知。历史上常惠归汉后，一直受尊敬和重用，苏武去世后，代苏武做典属国，负责外交；后又做右将军，同时兼任典属国。

十一、苏武算不算民族英雄？

什么是民族英雄呢？我以为，那些在重大的民族矛盾中，为了本民族的利益而做出了重大的牺牲或重大的贡献，本民族就会奉这样的人为民族英雄。

民族英雄应该是个历史概念。岳飞、文天祥等是典型的民族英雄，他们在汉族与女真（满族）、蒙古族的矛盾斗争中，成了汉族的英雄。可今天，女真、蒙古都成了中华民族的一员，他们当初的英雄壮举，能站在今天的立场上理解成“窝里斗”吗？何况匈奴族后来只有部分人入汉，即使今天看也难说苏武是“窝里斗的英雄”而非民族英雄。

其二，读苏武，说爱国

苏武是伟大的爱国主义者，为了祖国，真正地做到了“富贵不能淫，贫贱不能移，威武不能屈”。

在匈奴的法庭上，虞常被“剑斩”；卫律“举剑欲击之，胜请降”，看着也许还滴着虞常鲜血的剑挥向自己，张胜屈服了，成了可耻的叛徒；而苏武，先是据理力争，待卫律故伎重演，“复举剑拟之”，看到的却不是“武请降”，而是“武不动”。好一个威武不能屈的苏武！

威武不能使苏武屈服，卫律又换了一招。他说：“苏君，律前负汉归匈奴，幸蒙大恩，赐号称王，拥众数万，马畜弥山，富贵如此。苏君今日降，明日复然。”面对卫律许下如此的富贵，“武不应”。好一个富贵不能淫的苏武！

富贵的诱惑也没有征服苏武，匈奴开始了对苏武进行身心摧残。“乃幽武置大窖中，绝不饮食。”而苏武，“啮雪与旃毛并咽之，数日不死”。匈奴又“徙武北海上无人处，使牧羝。羝乳，乃得归。别其官属常惠等，各置他所”；苏武“既至海上，廪食不至，掘野鼠去草实而食之”。在如此恶劣的环境下，苏武仍然“杖汉节牧羊，卧起操持”。好一个贫贱不能移的苏武！

匈奴必欲降服苏武，又指使苏武的好友李陵来劝。李陵大打感情牌，离间苏武与皇帝的关系，但是，苏武仍然不为所动。

强汉之所以是强汉，不正是因为有许多苏武这样的人吗？这种爱国情怀，是弥足珍贵的，是国家兴旺发达的保证。

近百年以来，无数革命志士为了国家摆脱落后挨打的局面，靠着小米加步枪，与日本帝国主义、美帝国主义的飞机大炮展开了殊死的搏斗。他们威武不能屈，维护了国家的尊严，保护了人民的和平。

钱学森、邓稼先等一大批科学家，为了祖国的强盛，毫不犹豫地放弃了国外优越的生活，回到了一穷二白的祖国。他们富贵不能淫。正是靠着他们，新中国才搞出了两弹一星，才成为名副其实的世界大国。

身患重病急需医疗费用的朱自清，贫贱不能移。在写着“为表示中国人民的尊严和气节，我们断然拒绝美国具有收买灵魂性质的一切施舍物资，无论是购买的或给予的”的宣言上毅然签字。四个月后病逝，年仅五十岁。

这些伟大的爱国者，是民族的脊梁。我们今天和平富足的生活，没有他们的奉献、牺牲，能得到吗？

为了祖国，我们在碰到或“威武”或“贫贱”或“富贵”时，应该怎样？我们能不能交出一份对得起历史、无愧于祖国的答卷？

诸葛亮的名头为什么那么亮

中华五千年历史涌现出无数伟大的人物，灿若星汉。最亮的那几颗中，就有三国名相诸葛亮。

早在大唐的时候，诗圣就说“诸葛大名垂宇宙”。清帝乾隆则说“端推诸葛是完人”。“诸葛大名”何以如此亮呢?

下面我就不揣浅陋，全面而简要地说说诸葛亮何以名头那么亮。

诸葛亮颜值如何，《三国演义》中的溢美之词，咱就不说了。《三国志》中说，诸葛亮“身长八尺，容貌甚伟”。“八尺”有多高，说法不一，但都在一米八以上。常言说“堂堂七尺男子汉”，“身长八尺”无论怎么算，都是大高个。“伟”是“高大、壮美”，这也说明诸葛亮是高个子。“容貌甚伟”就是长得特别壮美。总的说来，诸葛亮的美不是那种很“娘”的“奶油小生”一类的美，而是充满阳刚之气的美。

外表不必多说，该多说的是心灵。比起颜值来，诸葛亮的“德值”更高。

诸葛亮最为人称道的，是“忠”。出山以来，他“鞠躬尽瘁，死而后已”。白帝城托孤，刘备“取而代之”的遗命，无论出于何种考虑，以后的事，主动权都在诸葛亮手里。只要刘禅无能，诸葛亮就完全可以把刘备的遗言“当真”，名正言顺，“政治正确”。即使刘禅是明君，诸葛亮若有能力取代他，“何患无辞”。看看公子小白、曹丕、司马昭、李世民……诸葛亮能够辅佐无能的刘禅毫无二心，实在难能可贵。对于不争气的小主子，诸葛亮只是苦口婆心，耐心教导。所以“出师一表真名世”，“读《出师表》不下泪者，其人必不忠”。

诸葛亮的廉正，同样值得称道。刘备死后，诸葛亮在蜀国拥有绝对权力，也行使着绝对权力。可是，诸葛亮有专权之实，却无专权之名。为什么，就是因为他不徇私情，公平公正，依法治国，亲疏乃至亲仇一视同仁。“绝对的权力产生绝对的腐败”，在诸葛亮这里，这条规律失灵了。多么难能可贵！

“俭以养德”，诸葛亮不是说说而已。他位高权重，不谋位已经相当罕见了，可他竟然连财都不谋。“臣死之日，不使内有余帛，外有赢财，以负陛下也。”他这样说也这样做。握权如此的高官，如此廉洁的，试问曾有几人？

诸葛亮“每自比于管仲乐毅”，志向高远，社会责任感强。

诸葛亮德高无匹，亦才高无伦，后世尊其为“智圣”。他的学习方法就与众不同。别人读书“务于精熟，而亮独观其大略”。不纠缠于细枝末节，只领会其精神实质。对待世事，他也是审时度势，把握大局。一篇《隆中对》，让后人见识了这位了不起的战略家。年纪轻轻，未出茅庐，竟能如此准确地预见天下大势！

诸葛亮的战略眼光，也表现在择主上。“良禽择木而栖，贤臣择主而事。”胸有宏图大志的诸葛亮，预见到寄身于刘表门下的刘备虽非“绩优股”，却是“潜力股”；看准了刘备能够给予他足够的尊重、足够的舞台，他才肯出山。从此大展才华，功成名就。

三国之中，蜀国最弱小，且有土著、刘璋和刘备三股政治势力，很难摆平。诸葛亮轻松摆平，蜀国政治稳定。“七擒孟获”“六出祁山”，诸葛亮几乎是“穷兵黩武”。如此使用民力，诸葛亮却能让蜀国民心安定，百姓感怀。这些需要多么高超的政治智慧啊！

诸葛亮东联孙吴，南抚蛮夷，施行了切合实际的外交路线，为蜀汉赢得了宝贵的和平外部环境，从而可以一心一意北伐。他不愧是一位外交家。

不仅拥有战略眼光、政治智慧和外交谋略，诸葛亮也不乏军事才能，如果以《三国演义》做依据，简直是军神。

诸葛亮也是文学大家，其《出师表》《诫子书》等已是流芳千古的经典。他还是一位书法家。传世名帖《远涉帖》，相传是书圣王羲之临诸葛亮书。他还通晓天文地理音律等等。

用今天的话说，诸葛亮文科超强。其实理科也不弱。他又是一位伟大的发明家，耳熟能详的就有“诸葛连弩”“木牛流马”“孔明灯”等等。至于更加闻名的“八阵图”，该是文理结合的产物。

另外，他的家教也很成功，儿子诸葛瞻、孙子诸葛尚皆为国捐躯。一门忠烈。

再换一个角度。

我们知道很多人取名“三立”或“立三”，如李立三、马三立。“三立”出自《左传》“大上有立德，其次有立功，其次有立言”。“立德、立功、立言”是人生追求的至高境界，被称为“三不朽”。

诸葛亮之德，上文已经交代过了，足可以使其不朽。

诸葛亮之功，用杜甫的诗句概括就是“功盖三分国”“三顾频烦天下计，两朝开济老臣心”。有什么是比开国、辅国还大的功勋？其政治军事外交思想、谋略以及措施，惠及当世，泽被后世，足可以使其不朽。

诸葛亮之言，亦足可以使其不朽。《出师表》“千载谁堪伯仲间”，隆中对策高屋建瓴，《诫子书》字字珠玑。“志当存高远”“鞠躬尽瘁，死而后已”“静以修身，俭以养德”“非淡泊无以明志，非宁静无以致远”……古往今来，被多少人引用过？又被多少人视为座右铭？

这样的诸葛亮，焉有不被爱戴传颂之理。当然拥趸粉丝无数，歌咏之诗文不绝于史。并且，诸葛亮既有大志，又有大德大才，更有“大遇”。诸葛亮之有刘备，何尝不是“犹鱼之有水也”，二十七岁出山，遇明主，酬壮志。后世那些怀才不遇（以及怀志不遇、怀德不遇）的士人，羡慕死了。他们常常借诸葛亮这杯美酒来浇自己胸中之块垒。其中不乏杜甫、陆游这样的文坛巨匠。诸葛亮的名头借这些人的笔头越发闪亮。

三国故事，尤其《三国演义》的广泛传播、《失空斩》等戏曲的广泛传唱，使得诸葛亮在民间也家喻户晓，并且，在这些文艺作品中，诸葛亮被神化，其光芒又大增。

千百年来，诸葛亮以其几近完人的形象，征服了各色人等。君王爱其忠，臣子慕其能，士人羡其遇，百姓乐其神。诸葛大名，闪耀于天下。

我最喜欢萧峰

问金庸小说中我最喜欢的大侠，毫无疑问是《天龙八部》中的萧峰，理由有三。

第一，萧大侠颜值高。他身材魁伟，一张四方的国字面，浓眉大眼，高鼻阔口，是人们想象中标准的侠客形体；他二目如电，“顾盼之际，极有威势”，精气神也是人们想象中标准的侠客形象。好一个威风凛凛的萧大侠，难怪阿朱姐妹以及康敏那么喜欢他。

当然阿朱们喜欢萧峰绝不只是因为他的颜值，更重要的是因为他的武功和为人，或者叫作武功与侠义。

第二，萧大侠武功盖世。萧峰集少林与丐帮两大门派顶尖武功于一身。少林的玄苦大师传授给他少林绝技龙爪手、太祖长拳，丐帮老帮主汪剑通则传授给他丐帮绝技威震天下的降龙十八掌和丐帮帮主独有的打狗棒法。在聚贤庄上，萧峰打得群雄束手，尸横遍地。在少林大会上，萧峰更是大显身手，慕容复、庄聚贤等等高手，均遭惨败。萧峰的武功，除了少林扫地僧，罕有对手。

第三，颜值武功不逊于萧峰的，在金庸的笔下并不罕见。然而唯有萧峰让读者肃然起敬，不能自已。

萧大侠义薄云天，简直就是正义的化身。在名利、权位、女色等考验面前，他表现出了极高的道德情操。只要为了正义，他浑身是胆，豪气干云，“虽千万人吾往矣!”他宅心仁厚，不计利害，行侠仗义，“该出手时就出手”。他的侠肝义胆，赢得了丐帮众兄弟的拥戴，赢得了段誉虚竹等豪杰的情谊，赢得了阿朱阿紫的芳心，赢得了女真契丹西夏人的青睐，也征服了千千万万个读者。

英雄难过美人关。可萧峰，任凭康敏诱惑、阿紫纠缠。萧峰不是无情，而是用情至深，用情专一，在他心里，除了阿朱，他没有再动过情。女色于萧峰，简直就不是什么“关”!

最让人动容的，是萧峰的死。他心存天下百姓，明辨大是大非。为了免于生灵涂炭，使宋辽两国罢战，“他拾起地下的两截断箭，内功运处，双臂一回，噗的一声，插入了自己的心口”，气绝身亡。他死得重于泰山！这一死，让他永远活着！

萧峰魅力四射，但这毕竟是小说中的人物。回到现实社会，该如何看待“侠”?

韩非子曾说：“侠以武犯禁。”确实，侠客“路见不平一声吼”，哪管什么法条禁令。今天这样的法制社会，即使是正义行为，也不能轻易“拔刀相助”。

然而，真正的侠客重名节，重然诺，轻功利，把精神看得高于物质，把正义看得高于利益，把原则看得高于生命。在任何社会，这些都是难能可贵的，都是正能量。尤其是今天，多数人重功利，重物质，斤斤计较，自私自利乃至损人利己，确实“江湖侠骨已无多”。作为坚守诚信、坚守原则、追求精神、追求正义的“侠文化”，应该是传统文化中的精华之一，理应得到充分的肯定，得到积极提倡，大力弘扬。

我喜欢萧峰，也推崇萧峰身上所体现的“侠文化”。

“一个心眼儿”赞

二十七年前党支部和团委搞活动，请辽阳市的全国人大代表、五一劳动奖章获得者、佟二堡粮站的普通工人洪成福来学校做了一场报告。报告朴实无华，事迹却感人至深。我被深深地感动了。那些事迹大都淡忘了，但有一件事还记得。有一次，洪成福参加全国人大会议回到辽阳已是傍晚，到佟二堡的末班车也赶不上了，为了给国家节省几元钱的住宿费，五十多岁的人竟然步行四十多公里，连夜走回了家！

还有一句话也清楚地记得：“我就是一个心眼儿。”

写这篇文章的时候，我随手上网查了一下，发现一条消息：

2020年2月1日，灯塔市佟二堡新市镇嘉兴社区老党员洪成福，向党组织交纳了一千元的特殊党费，支持疫情防控。

洪成福是一名有着五十年党龄的老党员，今年八十一岁，是佟二堡镇粮库退休职工。这位曾荣获国务院授予的全国劳动模范称号的老党员，退休以来，他从不闲着，谁家有难事，一准去帮忙，是社区居民公认的热心肠。他所住的粮库小区曾是一个没有暖气的老旧小区，在2004年他与小区的其他老同志为整个小区义务安装暖气。这样的义举，在洪成福的身上有很多。

二十多年前退休的一个乡镇粮库的普通职工，能有多少退休金？八十多岁了，还能有什么别的想法？看来，“一个心眼儿”不是假的！

洪成福的“一个心眼儿”，换个说法，不就是“全心全意为人民服务”吗？

洪成福貌不惊人，才不压众，事迹也并非惊天动地，是每一个正常人都可企及的。然而，和雷锋一样，他做到的是任何人都能做到却极少有人做的。雷锋伟大，洪成福也伟大。

世上庸人多，但谁都并非自甘平庸，然而终于平庸，是因为他们的大脑比天才少个“沟回”，又比雷锋多个“心眼儿”。洪成福不平庸，就在于他和雷锋一样，“一个心眼儿”，全心全意为人民服务。

毛泽东伟大，周恩来伟大，雷锋、洪成福也伟大。显然，后两者与前两者的差别是巨大的。他们为什么都被称之为“伟大”呢？因为他们有一点极其相同，就是都只“一个心眼儿”

全心全意为人民，不是两个心眼儿，半心半意甚至百分之九十九心百分之九十九意。历史是人民的历史，你“一个心眼儿”地为人民服务，人民怎么会不称你“伟大”，不管你具体地做着什么，做了什么，是轰轰烈烈还是平平常常。这是事理，也是事实。为己几分，平庸几分；为人几分，伟大几分。

从洪成福身上，我看到了做雷锋的不易。自觉地、广泛地、持久地出力、出物、出钱、出时间……生活极俭朴，有时还要顶着嘲讽，必须只有“一个心眼儿”，才能这样地做过来，这样地做下去。

我也看到了做雷锋的幸福。境由心造，华厦里的小姐会自杀，草地上的红军能高歌。心里只有人民，“一个心眼儿”，个人的一切还会在乎吗？来自于他人的不愉快还会多吗？不为得，还会有失吗？超越了小我，还会有无聊、厌倦、孤独、怨恨、失意……吗？不，有的只能是充实的心灵，是人民的爱戴和传诵。这是一种庸人无法获得的幸福。洪成福越多，这个社会会越好，这个民族会越强。我们如果像洪成福那样“一个心眼儿”做雷锋，就不会“雷锋没户口，三月来四月走”；就不会“只扫自己门前雪，莫管他人瓦上霜”，甚至自己门前的雪也不扫；就不会不去雪中送炭而去锦上添花；……

多么可贵的“一个心眼儿”！

说说老计

老计一个人工作在大山深处，负责巡视铁路，防止落石、滑坡、倒树危及行车安全，每天要独自行走二十多公里。每当列车经过，老计都会庄重地敬礼。此时，列车也鸣响汽笛，汽笛在深山中久久回响……

这样的老计，普通平常，有什么可说的呢？仔细想想，还真有！

其一，安于平凡，恪尽职守

老计，这个普通的深山列车巡路工，为了行车安全，“每天要独自行走二十多公里”，向列车“庄重地敬礼”。他对自己平凡艰苦的工作，不仅毫无怨言，而且是以恭敬之心严肃认真地对待。

这种在平凡的岗位上恪尽职守的精神，非常可贵；在这个浮躁的社会里，尤其可贵。

有社会就有社会分工，有分工就有不同的岗位。社会越发展，分工越细致，岗位越多样。工作岗位千差万别，有的高薪，有的低酬；有的体面，有的卑微；有的安全，有的危险；有的万众瞩目，有的默默无闻；……低酬、卑微、危险、默默无闻等岗位需要人做，而且需要更多的人认认真真地做。元帅要有人做，士兵则要有更多的人去做。只有无数士兵人人忠于祖国，恪尽职守，军队才能战无不胜。铁道部长要有人做，铁路工人要有更多的人去做，只有众多铁路工人个个爱岗敬业，恪尽职守，钢铁大动脉才能确保无虞。

个体是有差异的，不同的个体适合不同的岗位。虽说“不想当元帅的士兵不是好士兵”，可适合当元帅的士兵毕竟是极少数。并非位高权重禄厚名显的岗位就一定是合适的岗位，与自己的个性、才能匹配的岗位才是合适的岗位。另一方面，由于受各种因素的影响，一个人的工作岗位并非随心所欲地选择，更多的选择是被动的。所以，许多人不得不在非己所愿的平凡普通的岗位上工作。“随遇而安”，一心一意地做好本职工作，不仅是社会的需要，也常常是自己明智的选择，毕竟“不安”也难以改变。当然，作为共和国的一员，还应该有这样的境界——主动选择平凡艰苦默默无闻的岗位，因为“你不站岗我不站岗，谁保卫咱祖国谁来保卫家”。

多数人要在平凡的岗位上工作，社会更是需要千千万万个在平凡岗位上恪尽职守默默奉献的人。而我们的社会，喧嚣浮躁，自私功利。人们仰望星空有余，脚踏实地不足，且那“星空”大都是名，是利；是权，是钱，是色。男人要“高富帅”，女人要“白富美”。人们不安于普通平凡，不甘于无名少利，不乐于恭敬严肃。只要能搞到钱，弄虚作假、坑蒙拐骗、偷工减料……无所不为。有多少事故是缺乏认真态度造成的责任事故？有多少惨祸是没有尽职尽责造成的人祸？

老计没有什么雄心壮志、豪言壮语、英雄壮举，而是安于平凡，甘于寂寞，乐于本职，踏踏实实，恭恭敬敬，一心一意，默默奉献，这个社会多么需要老计这样的人啊！

其二，平凡而敬业，成就伟大

巡路工老计，只负责巡视“二十多公里”的铁路，且安于这份工作，不是“志在千里”，而是“志在卌里”，这显然是个平凡且安于平凡的小人物。

然而，看了关于这个小人物不足百字的介绍，我感动了。为什么呢？

巡视之路独自行走，孤独寂寞；山路难行，天天重复，艰苦又无聊；这份工作也绝不会高薪。“与时俱进”地推想，老计该牢骚满腹才合情理，可事实上老计却向列车“庄重地敬礼”，满腹的不是牢骚，而是恭敬。也就是说，虽然这“业”“不可敬”，老计却是“敬”的。

敬业是美德，但不是所有敬业的人都让人感动。因为做自己喜欢的，做别人羡慕的，那个“业”是容易“敬”的。老计的这个“业”，会有多少人喜欢？能有多少人羡慕？老计却能“敬”得起来，这无疑是责任心使然。所以我感动。

社会上有许许多多这种平凡、艰苦、薪酬不高甚至危险但又绝不可缺少的岗位，自然也就有许许多多在这样岗位上默默劳作的人。这些人理应得到全社会的尊重，而其中那些恪尽职守、爱岗敬业者，无论他多么平凡，在我看来，不仅值得尊重，也值得敬仰，因为他们都当得起“伟大”二字。

敬业的平凡者，能避免许多可以避免的损失，因而伟大。

就说老计吧，因为敬业，他巡视的“二十多公里”铁路一定是安全的，绝不会因他而出现“责任事故”。如果每个岗位上都是这样的老计，会避免多少事故？会减少多大损失？

敬业的平凡者，能创造出不平凡的贡献，因而伟大。

在祖国的西南边陲，有个偏僻落后的小镇，那里的农民落后到不知道化肥是做什么的。还是小姑娘的朱丽旗来到这里推广农业科技，困难可想而知。十二年里，她走遍了全镇五百三十平方公里土地的每一条山路和每一块田地，终于改变了农民们的生产和生活。这位“稻田里成长的农艺师”在平凡的岗位上恪尽职守，做出了非凡的贡献，被授予“全国农村优秀人才”。

敬业的平凡者，其精神力量巨大，影响巨大，因而伟大。

最典型的例子莫过于雷锋。入伍前，雷锋在鞍钢化工总厂开推土机。这又脏又累的工作，他愉快地接受，并很快学会了操作；为节省时间、费用，顺利生产，还自学了维修和保养技术。他使用的推土机既是生产能手又是“红旗设备”。厂里的推土机手们纷纷向他学习。入伍后，雷锋苦练基本功，成了新兵连队列、射击、投弹门门优秀的全能战士；后来当了汽车兵，仍然样样优秀。他很快成了战士们学习的榜样。总之，雷锋无论在哪个平凡的岗位上，都恪尽职守，像一颗永不生锈的螺丝钉。

安于平凡的岗位、踏踏实实、恭恭敬敬、尽职尽责的人，“伟大”当之无愧。

诗曰：

老计非老骥，志在四十里。
孤独巡视路，守节情不移。
螺丝钉精神，老计是老骥。

燃烧激情

做个高昂的人

世上无难事，只要肯登攀

心有多大，舞台就有多大。毛泽东是最好的例证。

习近平在纪念毛泽东同志诞辰一百二十周年座谈会上的讲话中说：“毛泽东同志在青年时期就立下拯救民族于危难的远大志向。1919 年，毛泽东同志在《〈湘江评论〉创刊宣言》中写道：‘时机到了！世界的大潮卷得更急了！洞庭湖的闸门动了，且开了！浩浩荡荡的新思潮业已奔腾澎湃于湘江两岸了！顺他的生，逆他的死。’年轻的毛泽东同志，‘书生意气，挥斥方遒。指点江山，激扬文字’，既有‘问苍茫大地，谁主沉浮’的仰天长问，又有‘到中流击水，浪遏飞舟’的浩然壮气。”

青年毛泽东给自己起了个笔名，叫“子任”，寓意“以天下为己任”，他决心做确有真才实学的救国“奇杰”，不做“金玉其外、不学无术、专为自己而生活的小人”。在湖南一师读书时，他和朋友们约定“三不谈”，“不谈金钱，不谈男女问题，不谈家庭琐事”，只谈“人的天性，人类社会，中国，世界，宇宙”，人称毛泽东为“毛奇”。毛泽东的博大胸怀、远大抱负，于此可见一斑。

毛泽东的豪情壮志贯穿其一生，在他的诗词中体现得特别明显。

1910 年秋，17 岁的乡下孩子毛泽东离开韶山外出求学，他留给父亲一首《七绝·改西乡隆盛诗赠父亲》以明志：

孩儿立志出乡关，学不成名誓不还。

埋骨何须桑梓地，人间无处不青山。

毛泽东酷爱游泳，在湖南第一师范学校读书时，正值青春年少，常和蔡和森等人去湘江中游泳。在中流击水间，他写了一首“七古”，曾豪迈地宣称：

自信人生二百年，会当水击三千里。

1935 年 9 月 9 日，毛泽东称这是他一生中最黑暗的时刻。红一、四方面军分裂，张国焘带领八万红军南下，毛泽东率领七千红军北上。冬，毛泽东走完了长征最后一程，虽然即将到达陕北，形势依然十分严峻，前方困难重重。此时的毛泽东，登上岷山峰顶，远望青海一带苍茫的昆仑山脉，写下了《念奴娇·昆仑》，依然发出了气吞寰宇的强音：

而今我谓昆仑，不要这高，不要这多雪。
安得倚天抽宝剑，把汝裁为三截？
一截遗欧，一截赠美，一截还东国。
太平世界，环球同此凉热。

诗人直面昆仑道，你这高度，你这大雪都不需太多。怎样才能背靠青天抽出宝剑，把你斩为三段呢？诗人的内心多么笃定大气！然后诗人预言在未来的和平世界里，全人类将共享一个冷暖适应的气候。这是字面意思。潜在之意则是诗人坚信他所捍卫及奉行的理想属大道中正，必将普行于全人类。这理想即是世界革命进行到最后胜利，彻底埋葬帝国主义，实现全世界人民的解放和团结。此时的毛泽东，身在陕北一隅却有着对“全人类的使命感”，有着改造世界的理想和抱负。他的精神该有多么强大！

1935 年 10 月，中央红军到达陕北。长征路上，敌人残酷“围剿”，自然环境险恶，物质极度匮乏，内部斗争激烈。回顾这些巨大的困难，毛泽东在《七律·长征》中吟道：

红军不怕远征难，万水千山只等闲。
五岭逶迤腾细浪，乌蒙磅礴走泥丸。
金沙水拍云崖暖，大渡桥横铁索寒。
更喜岷山千里雪，三军过后尽开颜。

多数人仰视（夸大）困难，在稍大一点儿的困难面前就停下了脚步；少数人正视困难，只有极大的困难才能挡住他们前进的脚步；极少数人藐视困难，任何困难都挡不住他们前进的脚步，这当然不包括不知天高地厚的蛮干。毛泽东，就是这样敢于藐视困难的极少数人。毛泽东的意志，坚甚钢铁，他的心里就没有“怕”字。

1949 年 4 月 23 日，人民解放军占领了国民党统治中心——南京。24 日，毛泽东写下了《七律 · 人民解放军占领南京》，抒发了万丈豪情和厚理哲思：

钟山风雨起苍黄，百万雄师过大江。
虎踞龙盘今胜昔，天翻地覆慨而慷。
宜将剩勇追穷寇，不可沽名学霸王。
天若有情天亦老，人间正道是沧桑。

新中国成立伊始，千疮百孔，危机四伏，一贫如洗，百废待兴。毛泽东却说：

不管风吹浪打，胜似闲庭信步。

1959 年 6 月，毛泽东回到了阔别三十二年之久的家乡韶山，与故乡父老欢聚畅谈，写成了《七律 · 到韶山》，表达了不怕牺牲改天换地的雄心：

为有牺牲多壮志，敢教日月换新天。

1965 年 5 月，毛泽东重上井冈山，感慨良多，诗兴大发，写下了《水调歌头 · 重上井冈山》，他自信地说：

可上九天揽月，可下五洋捉鳖，谈笑凯歌还。

世上无难事，只要肯登攀。

毛泽东，何等豪迈！何等气魄！何等胸怀！

毛泽东能成为开国领袖，能成为历史伟人，首先是因为他胸襟博大，豪气干云。

同学们，“少年心事当拿云”，学习毛泽东，让自己的激情燃烧起来，让自己飞得更高，跑得更远，活得更精彩！

“少年心事”当坚守

小时候经常会想“未来做什么”，而那想法多半是要出人头地当个英雄之类，可以谓之“远大的理想”，或曰“少年心事”是“拿云”。

可惜，长大了就想得少了，甚至不去想了。这是为什么呢？想想自己和身边的同学，就有答案了。

一是小时候见识太少。刚上学觉得学校里那个最帅的老师太有魅力了，就会想着“长大后我就成了你”；见了警察觉得他们威风八面，尤其是可以抓坏蛋，多刺激，将来就当警察了。长大了就会觉得，教师、警察的形象哪有那么高大，还那么辛苦。当老师当警察？算了吧。

二是不知天高地厚，羡慕谁就想长大了要和他一样。做和他一样的事，取得和他一样的成就。等到长大了，想“路见不平一声吼，该出手时就出手”的，可能觉得自己没那个胆量也没那个武力；想当科学家的或许觉得自己就不是那块料。当英雄当科学家？偃旗息鼓吧。

三是眼前耳边的都是一些谁挣大钱了，谁出大名了，谁住豪宅了，谁玩豪车了，等等。

当什么英雄，谈什么理想，你傻啊！

“未来出人头地，当个英雄”，这样的“少年心事”真傻吗？

大诗人李贺说：“少年心事当拿云。”学校一直教育我们：要树立远大的理想。

可以肯定地说，李贺不会骗我们，学校更不会。“少年心事”当坚守。因为：

理想是方向，是目标，是动力。人生的路没有方向，没有目标，你往哪儿走？一是走他人（尤其父辈）的老路。那么问题来了，这老路是否一定适合自己？是否能够充分发掘自己的潜能？适合父辈的路是在父辈所在的社会条件下，如今社会条件发生了重大变化，那条路还畅通吗？二是不知往哪儿走，咱就不走。没有理想一生怎么过？稀里糊涂混呗，被命运随便地抛掷呗。那些伟大的人物，哪个不是有理想的人？那些有理想的人，有多少成为大人物？成不了大人物，也会在自己的人生路上走得更远。哪怕走得不远，比起那些没有理想的人，内心也要充实得多。

也可以说，树立理想未必就一定要实现理想。比如，我的理想是成为一名宇航员，如果我始终坚持这一理想，我起码要好好地锻炼身体吧，我还要学好物理，还要了解宇航知识，了解世界航天发展动态。即使将来我连宇航员的边都摸不着，我有一个好身体（至少有一个锻炼身体的好习惯），我是一个业余的航天专家，我的心里始终装着一个航天梦想——充实，这不好吗？

再如，我是一个成绩一般的学生，理想是上清华。我一定要加倍努力，你学一遍就会，我学十遍、百遍不行吗？所谓人一能之己百之。是否考上清华是一回事，是否用考清华的态度去学是另一回事。“取法乎上，仅得其中”，若是取法乎“中”“下”呢？

况且，功夫不负有心人。机遇偏爱有准备的人。马云说过：“梦想是要有的，万一实现了呢。”

“未来做什么”要不要想？“少年心事”要不要坚守？答案无疑是肯定的。“少年心事”是我们最美好的“初心”，不仅要坚守，还要为之不断地付出努力。不管自己能力如何，只管自己努力如何；不管自己能否实现目标，只管自己是否为实现目标而努力；不管世界如何浮躁，只管内心如何执着。

青年人要立志做大事

习总书记说：青年人要立志做大事。

要透彻理解总书记这句话，需要讨论下面两个问题。

一、“要立志做大事”的为什么是“青年人”？

这是因为青年时期是立大志的最佳时期。一个人在进入青年之前，对社会、人生以及自身的了解都还远远不够，对未来常常耽于幻想，志向往往缺乏理性的基础，缺乏现实的根基，坚持不了多久。而过了青年阶段，跃跃欲试的雄心往往被生活、工作的压力几乎消磨殆尽，锐气减弱，豪情渐衰，立大志之心不强了。并且，奋斗的最好年华也已经过去了。

而青年人，对社会、人生以及自身有了比较充分的认识；身体健壮，精力充沛，激情燃烧。青年人立志，一方面有了理性的基础，一方面锐气十足，容易生雄心，愿意立大志。所以，立志做大事，青年人正当其时。

二、“青年人”为什么“要立志做大事（即立大志）”？为什么不是小志？

人生要实现自身价值和社会价值，获得幸福，必须奋斗。而奋斗，则需要有明确的目标、方向。小志，多为短期的具体的小目标，即使是规划人生，也是小富即安之类的平庸的目标，难以引导奋斗的人生。而大志，是高远的目标，足以引导人生向一个确定的方向奋勇前进。“问苍茫大地，谁主沉浮？”“为中华之崛起而读书”，正是这样的大志引导着毛泽东、周恩来为国家民族奋斗不息。

张载说：“志小则易足，易足则无由进。”小志容易满足。容易满足就不必很努力，甚至不努力；满足了就失去了继续奋斗的动力。不去奋斗，潜能只能“潜着”，得不到充分的发挥，白白地浪费掉。所以，立志就要立大志，做大事，让人生不停地奋斗，让潜能得到充分的发挥，从而实现人生的最大价值，避免浑浑噩噩过一生。

立大志可以让人有奋斗的目标、方向，奋斗的动力，还可以让人在奋斗的过程中不怕困难，不惧艰险。志大者心在所追求的高远目标上，不在眼前的享受上，不在物质的享受上。“一箪食，一瓢饮，在陋巷，人也不堪其忧，回也不改其乐。”颜回能安贫，是因为他乐道（大志）。志大者心在所追求的崇高目标上，眼前的困难、物质的困难没有不能克服的，即使牺牲生命也不会停下前进的脚步。“红军不怕远征难，万水千山只等闲。”长征时期红军面对那么大的困难、那么多的牺牲，仍然拖不垮打不烂，一直坚持到胜利，是因为红军追求的是民族独立、人民解放的崇高目标。

立大志的结果当然不能全都如愿以偿，壮志得酬。但是，壮志得酬，无不是胸有大志者。革命导师马克思，青年即立下“为人类幸福而奋斗”的崇高理想。现代最伟大的文学家鲁迅，青年弃医从文，立志改变国民精神。杂交水稻之父袁隆平，梦想国人不挨饿，杂交水稻覆盖全球。

那些壮志未酬者，也因为壮志，充分发掘了自身的潜能，取得了相当的成就。杜甫虽然没有实现“致君尧舜上，再使风俗淳”的宏愿，但那些家国情怀的诗篇，足以流芳百世。

“取法乎上，仅得其中”，如果“取法乎中”，就会“仅得其下”了。立大志比起立小志，会让自己走得更远。

综上，我们青年人应该像习总书记说的那样，不要立小志，要立大志，做大事。为实现中华民族伟大复兴而努力奋斗。

毕生追求崇高，必获巨大成就

袁隆平一生致力于水稻研究，不断推出新成果，被誉为“杂交水稻之父”；李兰娟一辈子坚守“做一名好医生”的信念，成为著名医学专家；樊锦诗五十多年如一日潜心敦煌石窟研究，为敦煌文物保护做出了杰出贡献。

“杂交水稻之父”“著名医学家”“做出了杰出贡献”：三位都取得了巨大的成就。

“致力于水稻研究”，解决人们（不是自己）的吃饭问题；“做一名好医生”，救死扶伤；“潜心敦煌石窟研究”，保护文化遗产：他们追求的都是崇高的理想，从事的都是崇高的事业。

“一生致力于”“一辈子坚守”“五十多年如一日潜心研究”：他们都是毕其一生，坚持不懈。

从三位杰出人物的身上不难得出这样的结论：坚守崇高的信念，追求崇高的事业，毕其一生，坚持不懈，必然会取得巨大的成就。

坚守崇高的信念，追求崇高的事业，与取得巨大成就有什么关系呢？

首先，这样的坚守、追求，是大志向、大事业。张载说：“志小则易足，易足则无由进。”小则容易满足。容易满足就不必很努力，甚至不努力；满足了就失去了继续奋斗的动力，就不能让潜能得到充分的发挥。大则不易足，让人奋斗不止。

其次，这样的坚守、追求，不是为了个人，不是为了一己私利，就不会被利害所左右，就不会或较少受到待遇、报酬、工作条件、工作环境等等的影响；就会心无旁骛，不屈不挠，沿着自己的志向勇往直前，直至成功。

“究天人之际，通古今之变，成一家之言”，正是这样崇高的信念，让司马迁忍辱负重，完成皇皇巨著《史记》；“作为一名科学工作者，活着的目的就是为人民服务。如果人民最后对我的工作满意的话，那才是最高奖赏”，正是这样崇高的理想，让钱学森成为“中国导弹之父”“中国火箭之父”。

毕其一生，坚持不懈，与取得巨大成就的关系显而易见。

“驽马十驾，功在不舍。”“只要功夫深，铁杵磨成针。”只要不断地前进，哪怕速度很慢，也必然越走越远，成就越来越大。

科学实验、文化研究经常遇到的失败，似乎并不像“行路”“磨针”那样简单，只要行动就有进步。但长期看，失败是成功之母。教训一样有助于取得更大的成功。

长期坚持，会获得丰富的经验教训，也会磨炼心性。长期坚持，各种遭遇，尤其多经历失败，就会让人的心性稳下来。心浮气躁成不了大事；不急不骄不躁，踏踏实实，才能成就大事。

因坚持而成功的事例，不胜枚举，不再赘述。

崇高的信念和追求，给人提供强大的动力；长久的坚持，让人获得足够的积累。有了这两点，焉能没有巨大的成就？

明乎此，我们这些青年学生就应该立下宏愿：毕其一生，坚守崇高的信念，追求崇高的事业，做出巨大的贡献，成为一个大写的人。

仰望星空与脚踏实地

仰望星空与脚踏实地的关系，就是理想（目标）与实干的关系。

只仰望星空不脚踏实地，难成正果。

大乘佛法，其妙无尽。但远在西天，求取实在太难。唐僧取经之前，已是成名高僧。如果他畏惧困难，如果他贪图安逸，把取经只作为一个美好愿望，只是放在脑子里，没有向取经的路上迈出一步。他怎么可能成佛？怎么可能得到真经，流芳百世？

没有脚踏实地的行动，有什么样的美好愿望也是空想，也不可能实现。

不仰望星空只脚踏实地，也难成正果。

悟空出世后，访道学仙，成就一身好本领。然后他下龙宫，上天庭，由着性子折腾。虽然也是在实干，然而缺乏明确而崇高的目标，闹了无数次之后，被佛祖压在了五行山下，失去自由。直到观音点化，才有了明确而崇高的目标，保护唐僧西天取经。最后修成正果，成了斗战胜佛。

悟空保护唐僧西天取经前后，都是打打杀杀，出生入死，但结果天壤之别。没有崇高的理想、明确的目标，即使做得很努力，也不会有什么好结果。

既仰望星空又脚踏实地，才成正果。

唐僧为了完成观音的嘱托，为了使佛法永传东土，普度众生，他立下宏愿，西天取经。唐僧虽然身体柔弱，但意志坚定。任凭前途多艰险，为了心中的宏愿，毅然上路了。悟空、八戒、沙僧受观音点化，有了保护唐僧西天取经的崇高目标。师徒四人脚踏实地，历尽千难万险，勇往直前。这一路走了一十四个寒暑，走了十万八千里。终于来到灵山，拜见佛祖，取回真经，修成正果。

仰望星空，要树立崇高的理想。

悟空保护唐僧取经之前，也不能说没有目标，他声称“皇帝轮流做，明年到我家”，要做“齐天大圣”，不把任何人（神）放在眼里，结果被如来佛祖收服，压在五行山下五百年。天蓬元帅贪吃好色，调戏嫦娥，结果被贬到凡间，成为一头丑猪。而唐僧一心修佛，全意取经，终成正果；悟空八戒转而跟随唐僧，才成正果。

脚踏实地，要百折不回。

西天取经，路途遥远，崇山峻岭，风霜雨雪；贼人强盗，美女画皮；毒蛇猛兽，妖魔鬼怪……“八十一难拦路”。取经之难，难于上青天。一路上，悟空在被师父错怪，在受不了紧箍咒的时候，撂挑子了。八戒更容易动摇，动辄“分行李”“散伙”，回他的高老庄过衣食无忧的小日子。只有唐僧，“男妖怪喜欢他的肉”，想吃他；“女妖怪喜欢他的肉体”，想嫁他。可不管多少次生死考验，他绝不动摇；不管什么样美色的诱惑，他毫不动心。所以尽管悟空八戒本事远大于唐僧，还是不能做取经队伍的领头人。

《西游记》告诉我们：想要修成正果，必须树立崇高的理想作为方向、目标，然后脚踏实地绝不退缩地为之奋斗。无论多么难，都有实现之路，“敢问路在何方，路在脚下”。一路上，克服困难的本事不可少，而崇高的信念、坚定的意志更重要。

要尝试做能力之外的事情

许多人拒绝做某事，常用“这是我能力之外的事”作为理由；许多人劝阻别人做某事，也常用“这是你能力之外的事”作为说辞。

在我看来，能力之外的事情一定要尝试做，如若不然，你怎么成长呢?

这里得先把“能力之外的事”讨论清楚，透彻地理解它的含义。比如“挟太山以超北海”和“扛鼎”，都可以说是一个人“能力之外的事”。但经过训练、尝试，“扛鼎”是可能做到的，而“挟太山以超北海”，“是诚不能也”。再如，人无论如何训练尝试，都难以嗅出深藏着的毒品，狗则可以。

可见，不是所有“能力之外的事”通过尝试就有可能做到，可能做到的必须在潜能范围内。你拒绝要做的事，别人劝阻你要做的事，不太可能是那些不靠谱的“挟太山以超北海”或“嗅出深藏着的毒品”之类的潜在“能力之外的事”。

所以，“能力之外”指的是人的现实能力之外的潜在能力部分。

每个人的成长过程，无不是尝试去做现实能力之外的事情，来激发潜能，直至把潜能转化成现实能力，再接着尝试、激发、转化，从而不断成长的。

身体成长需要尝试做能力之外的事情。一周岁前，走路是“能力之外的事”，不断尝试去走，屡跌屡起，不久走路成了“能力之内的事”了。两三岁的时候，“肩不能担担，手不能提篮”，随着年龄的增长，不断尝试，逐渐地“担担”“提篮”就都成了“能力之内的事”了。

才学成长需要尝试做能力之外的事情。上学前，拼音、写字、算术，大多是“能力之外的事”，在老师的指导下不断尝试，它们就变成了“能力之内的事”了。弹钢琴，对于享誉世界的年轻钢琴家郎朗来说，当初也是“能力之外的事”；探索宇宙的奥秘，对于全身瘫痪、不能言语、只有三根手指能动的大物理学家霍金来说，现在竟是“能力之内的事”了。

社会性成长需要尝试做能力之外的事情。学龄前的小朋友，理解不了成年人那么多“弯弯绕”。他们不会招待客人，更不会做诸如谈判之类更复杂的事。但是，那些待人接物八面玲珑的高手，那些渊博机智缜密的谈判能手，当初哪一个不是天真烂漫的小朋友。那些五花八门的社会规范、经验等等都曾是他们“能力之外的事”，靠不断地学习尝试，就转化成了“能力之内的事”。

谁都不是“生而知之”的，谁都需要“学而知之”。其实所谓学，完全可以理解成尝试做“能力之外的事”。所以，不要轻易用“这是我能力之外的事”作为理由拒绝自己做某事，更不要轻易用“这是你能力之外的事”为理由劝阻别人做某事。面对“能力之外的事”，对己对人，应该说的是：试试，不妨试试。

书生意气，挥斥方遒

我要说的“书生”，是魏书生。那么，魏书生是谁?

1983 年 11 月，辽宁省盘山县第三中学语文教师魏书生（年龄三十三岁，教龄六年，来自小县城非重点学校），出席了“中国教育学会中学语文教学研究会第三次年会”。与会者中，有叶圣陶、吕叔湘等声名显赫的教育权威，也有全国各省市自治区的教育专家，还有香港地区的特邀代表，共约五百人。会上，魏书生的发言引起了与会代表的浓厚兴趣，被特许可以超时。大会主席团临时决定：当晚原定活动取消，改由魏书生同志详细介绍教育改革的经验。两个小时的发言，被行家们称为“爆炸性的经验介绍”。

八十高龄的语言学界泰斗吕叔湘先生给予魏书生极高的评价：“魏书生不是一个一般的教育家，他立志献身教育事业，有一种忘我的精神，这不是一般人所能做到的，也不是一般的教育家所能做到的……我要是年轻一半，我一定要拜他为师，向他学习。”

1992年《教育改革家——魏书生》一书出版时，陈慕华、陈锡联、孙起孟、张承先、柳斌等领导同志出席了在人民大会堂举行的座谈会。雷洁琼、王文元、董纯才、刘国正、何东昌、柳斌、王明达等同志先后为魏书生题词。看看魏书生都得到了什么级别的人的关注。

魏书生荣获全国中青年有突出贡献的专家、首届中国十大杰出青年等殊荣，是中国共产党第十三、十四、十五、十六、十七大代表……他有四十三项社会兼职。当了二十二年班主任、二十一年校长（当校长的同时在当班主任）、十一年教育局长，在他手下，再乱的班级也会变好，再差的学生也能成才。他所教班级的学生德智体全面发展，素质高，升学考试成绩每届都名列全市前茅。

如此繁忙，他还发表文章一百二十多篇，出版专著三十八部，有的书还一版再版。他讲学的足迹遍及全国，近四千场次，且应邀出访新马泰日俄等国家讲学。

魏书生何以如此了得？听我慢慢道来。

上个世纪90年代初，我作为辽宁省首届“魏书生教育教学思想高级研修班”学员，在魏老师的学校、班级考察学习了一周，多次与魏老师面对面座谈。我对魏老师的了解，绝非道听途说。当然，时间过去快三十年了，细节不准确在所难免。

魏书生能够取得如此巨大的成就原因大致有三。

第一，极其热爱教育事业。

1968年初中毕业的魏书生到辽宁省盘锦地区新建农场当

下乡知识青年。1971 年被招工到盘锦电机厂工作，任政工干事。因为他文笔好，有思想，电机厂着意培养他。他的前途一片光明。然而，魏书生向各级领导恳切地提出做教师的申请至少有一百五十次之多（还记得我中考时作文题的材料，就是魏书生要当老师的一份申请报告），不当老师誓不罢休。经过六年的不懈申请，1978 年 2 月终于如愿以偿，到差校盘山县第三中学当老师。

魏书生为当老师递交一份份申请的那六个年头是“文革”后期，老师的地位比工人都低，比不干体力活儿的干事低多了。工厂领导培养的接班人更是前程似锦，比当老师好太多了。魏书生得有多想当老师，才能在这样的背景下，六年如一日，申请一百五十次，哪怕一所差校，也急不可耐地去了。

魏书生对教育的热爱，必须加上一个修饰语“极其”。

第二，理想极其远大。

魏书生读初中时，竟然阅读《辩证唯物主义纲要》《哲学讲义》这类除非要求修学分，否则连大学生都未必去碰的书。

我小的时候，我们那个公社就有知青，因为是城里的，有知识，会打扮，让我们这些乡巴佬好生羡慕。这和后来农村少男少女去城里打工备受歧视截然不同。恕我不敬，我那时听到关于知青的，多是些打架斗殴、偷鸡摸狗的事；再就是谈情说爱——“村里有个姑娘叫小芳”。魏书生当知青的时候，竟然如饥似渴地闷头读书，而且阅读马恩全集之类的书。我读大学的时候，心血来潮，借了一本《自然辩证法》，只硬着头皮读了几页就放下了，读不懂。一个大学生读不懂一个初中生读的书，惭愧。

魏书生读这些书不是因为好玩儿，他要干大事。

他写大文章，写出了几十万字的《谈改造世界观》《谈工作方法》。之所以是“大”文章，一是所讨论的问题大，二是篇幅大，记得是四十多万字。

他申请教书育人，要搞教育改革。所以他才不管去的学校有多差，是学校就有他的用武之地。

普通家庭出身，小小的初中生，在盘锦这么个小地方，心里想的竟然是这些东西，说理想远大不够准确，必须在远大前加上“极其”二字。

心有多大，舞台就有多大。果然，魏书生的教改，蜚声海内外。

第三，极其热爱学习。

魏书生的心为什么那么大，成就为什么那么大，应该是源于他的学习。下面我把当年写的学习魏书生心得体会的两段话照录下来。

> 学习造就了魏书生之德。他从初中开始，就系统地学习马列著作了，并广泛阅读了在当时可以见到的几乎所有的书。《马恩列斯论共产主义》《辩证唯物主义常识》等是他精读的书。他还特别偏爱《马克思传》《钢铁是怎样炼成的》《居里夫人传》《欧阳海

之歌》等作品。魏书生说，这些书对他的人生观世界观价值观幸福观的形成起到了十分重要的作用，激发了他崇高的人生追求，奠定了他奉献教育的壮丽人生。

学习造就了魏书生之才。魏书生的学习广泛、深刻、系统、持久，这使他树立了改革意识，也养成了改革能力。只有学习，使人的素养达到应有的程度，知道并非“自古华山一条路”，知道没有终极真理，没有登峰造极，任何事物都需要不断完善，才知道改革势在必行；才能既高瞻远瞩，又明察秋毫，才有分析问题的能力和解决问题的办法，才能把握时代精神，才能对现状做出正确的判断，才能对改革现状采取行之有效的方法。只有掌握足够的理论、知识、信息等，才具有改革者的素质，才能成为改革大潮中的弄潮儿，否则愿望永远变成不了现实。

学习魏书生之后三十来年了，我从县里到市里再到首都，接触了许多中学的大学的各种“家”，可以说“阅人无数”，至今还没有遇到过像魏书生那样的人，像魏书生那样学习的人。再说一点亲历的事吧。

我到盘锦学习，是省里组织的高级研修班学员，每市一两个人。刚到那天晚上，负责接待的盘锦市教研部门摆了两桌，我们都以为魏老师会来。盘锦教研员说，这种场合魏书生从来不参加，嫌浪费时间。大概是因为那天晚上有省里领导，魏书生的夫人来了。师母穿着朴素，没有吃饭，只是极不自然地坐了几分钟就走了，明显感觉她缺少历练不会应酬，应付不了这种交际场合。这个时候，魏书生已经成名十多年了。

大约十年后，我所在的学校请魏老师做报告。饭店订好了，钱也装信封里了。魏老师报告结束，转身就走。学校领导还以为是去卫生间呢。等了一会儿才知道，魏书生已经自驾车出校门走了。我们领导手拿着装钱的信封，怔了半天。

有一次在本溪听魏书生做报告。返程时登上火车，向车窗外一看，魏书生独自在站台上踱步，嘴唇微动，估计是在背诵呢。直到列车员的哨吹响了，他才上车。

魏老师不设自己的办公室，他带的班级在教学楼外的一栋大平房里，班级前边是学生，后边放一张大办公桌，魏老师就在那儿办公。这可不是为了方便管理学生，魏老师有三分之二的时间根本不在学校，他的学生完全能够自我管理。他这样做是因为前来学习的人络绎不绝，在这儿办公少受干扰。

心无一丝旁骛，抓紧一切时间，几乎到了不近人情的地步。难怪当年盘锦教研员私下说："谁要能像魏书生那么学习，谁就能成为魏书生。"

我当年的学习体会，就不是魏书生的什么经验什么思想之类，而是魏书生的学习精神，和由此而生的崇高的理想和高昂的情怀。今天回过头看看，仍然觉得我是对的。

红楼前的那一尊雕像

潞河中学红楼与人民楼之间，绿草如茵，黄杨常青，雪松不凋，玉兰挺拔，古槐苍劲。东边的绿地上，矗立着一尊面向红楼背倚人民楼的半身铜像。

铜像的主人叫周文彬。

周文彬是谁?

潞河中学校友。1916 年入潞河小学，1922 年入潞河中学，1928 年潞河中学高中毕业。

通州第一个党支部创建者。原名金成镐，因做党的秘密工作，化名“周文彬”。他是朝鲜人，1914 年（六岁）流亡中国，入中国国籍。在父兄影响下，向往革命。1926 年入党。1927 年成立中共潞河中学支部。这是通州第一个中国共产党支部。

工人运动领导者。1936 年，他在唐山开滦各煤矿开展工人运动。1938 年 3 月，组织开滦五矿三万五千名矿工总同盟罢工，揭开了十万冀东工农大暴动的序幕。7 月，组织发动矿区两千多工人暴动，动员和影响七千多起义工农参加了八路军四纵。

抗日英雄。抗战时期，他一直转战于冀东抗日战场。1941年，组织了打击伪治安军行动，全歼伪治安军八个团，粉碎了敌人的“第三次强化治安运动”。1943 年，主持建立军工厂，制造武器弹药，为冀东抗日部队提供装备。1944 年 10 月 17 日，冀热边区特委在丰润杨家铺召开会议，突遭日军包围，他为掩护群众和战友突围，壮烈牺牲。

周文彬，潞河中学的骄傲！

望着那尊雕像，不禁浮想联翩。

一百多年前，中华民族灾难深重，劳苦大众水深火热。

鸦片战争以来，中国被瓜分豆剖、蚕食鲸吞。“东亚病夫”“支那猪”“华人与狗不得入内”……清末至北洋军阀时期，外则丧权辱国，内则混战不休。上层蝇营狗苟，下层民不聊生。正如鲁迅所说，“风雨如磐暗故园。”

有人会说，你这都是历史课本上的套话，看过很多人的回忆文章，觉得当年挺好的。近些年确实有些人对那段历史津津乐道，把那段历史描述得“挺好的”。是说谎吗？也不能说是。那是历史课本骗人？当然不是。那是因为乐道和被乐道的大多是上层人。就拿那时北京的文化人来说吧，他们每月工资几百大洋，收入是底层人的三四十倍。北京一般文化人的嗜好是：下饭馆，看戏（京戏、文明戏和话剧），看电影，泡茶座，逛琉璃厂买书籍、碑帖、文物。文化人的日子如此，手握大权的显贵、腰缠万贯的富豪、舞弄枪棒的匪霸，还能差？

那时北京底层人的生活是什么样子的？看看《骆驼祥子》就知道了。老舍先生出身于社会底层，但他不是左翼作家，他的创作不是为了宣传革命，他笔下的种种，正是他小时候身边真实生活的艺术再现。官老爷作威作福，兵匪流氓恶霸横行不法，黄赌毒肆虐，是那个时代的真实写照；祥子和小福子等人的生活和命运是那个时代底层人生活的真实写照。

那时的通州，哪一系军阀来控制北京，都来派捐派款，抓丁拉夫，烧杀抢掠，无恶不作。周文彬家就遭抢过两次。1920年夏，钱粮被散兵游勇强抢一空，三十多只鸡，飞跑不及时的一大半被抓走。1922 年 5 月，三只奶羊都被奉军败兵抢走。

“中华民族到了最危险的时候”，老百姓生活在水深火热之中，不是危言耸听，是铁的事实。救亡图存，拯民于水火，必须有人挺身而出，横刀立马，不惜热血头颅。

十几岁的潞河学子周文彬，就挺身而出。

周文彬没有个人生存危机。金家虽不富裕，但勤劳节俭，养鸡养羊种植葡萄等，日子也还过得去，哥儿仨都能读书。他和四弟金祥镐就读于潞河，二哥金永镐就读于燕京大学。

周文彬没有个人发展危机。他是潞河中学的高才生。潞河中学 1928 年刊上记录着同学们对周文彬的评价：“成镐君来也，孔丘、马克思、斯宾塞、基塞司诸先生退位，其思想贯彻古今，力评诸家，‘打狗吹音’，真有出人头地处。”这显然是一个“风华正茂，书生意气，挥斥方遒，指点江山，激扬文字”的“少年同学”。在同学们眼里，他有与古今中外思想家相媲美的卓越才华，其行动力、影响力和号召力也非同寻常。

周文彬不仅才华横溢，而且性格好，为人好，长得也好——用今天的话说，从形到神，都是大帅哥。李运昌（周文彬的顶头上司，周文彬任中共冀热边特委组织部长时，李运昌是特委书记）回忆说：“周文彬高大的个子，深邃的眼睛，刚毅稳健。”张珍（即张学渊）回忆说：“他高高的个子，长得很英俊，说话办事沉静稳重，爱帮助同学，同学们都很尊敬他。”

这样的周文彬，如果只为身谋，个人前程还能不好？

如果周文彬也像很多同学一样，两耳少闻窗外事，一心只读升学书，考一个好大学轻而易举。（潞河支部的张学渊和金祥镐考入燕京大学，洪庆隆和张树棣考入辅仁大学。）读大学，做个上层人，过着上等的生活，顺理成章。

但是，周文彬却去读马克思的书，以李大钊为偶像，“铁肩担道义”。他加入中国共产党，建立党支部，进行革命活动。他选择的是一条为劳苦大众谋福利的、随时可能坐牢乃至流血牺牲的异常凶险的前路。

1928 年暑假，上级党组织决定从潞河支部抽调一人专做党的地下工作。这就意味着这个人必须放弃高考，立即隐姓埋名，转入地下。支部会上，洪庆隆、康景新、张学渊等纷纷要求承担这个艰巨的任务，但最终支部书记金成镐以权谋“私”，把继续深造让给他人，把抛家舍业充满危险的地下工作留给了自己。

想想，为了考大学，为了自己的美好前程，多少人不惜一切代价，甚至不择手段。而周文彬，以优异成绩高中毕业，却主动放弃考大学，接受党组织派遣，从事危险的秘密工作。他为了谁？为了什么？

想想，1927 年“四一二”反革命政变，国民党疯狂屠杀。据中共六大时的不完全统计：从 1927 年 3 月到 1928 年上半年，被杀害的共产党员和革命群众三十一万多人，其中共产党员两万六千多人。三十一万啊！革命者血流成河。面对淋漓的鲜血，年仅十九岁的周文彬，不仅没被吓倒，革命意志更加坚定。他积极发展党员，创建潞河中学党支部；组织“科学社会主义学习小组”“春草读书会”，带领革命师生学习、宣传马列主义。他开办工人夜校，揭露国民党反动派叛变革命的罪行，宣传共产党革命主张，打击校内暗藏国民党右派分子，联合通县男女师范学校学生共同开展革命斗争。

这不是“顶风上”吗？这不是“找死”吗？他这样是为了谁？为了什么？

想想，1934 年到 1936 年初，王明的“左”倾路线指导北方党的工作。河北省委领导李铁夫被打成“右倾机会主义反党分子”，周文彬作为“铁夫的信徒”被开除党籍。直到 1936 年 4 月刘少奇同志来主持北方党的工作，才纠正了华北党的错误。

来自于内部的委屈，尤其是开除党籍这样巨大的委屈会让一个革命者更加难以承受。但周文彬经受住了考验，毫不动摇，始终默默地为党工作。他为什么能这样？

想想，成立学生党支部，从事秘密工作，领导大罢工，组织大暴动，坚持敌后抗战……将近二十年血与火的淬炼，周文彬已成长为我党我军的一员大将。1944 年 10 月，边区特委在丰润杨家铺召开会议，突遭三千多日军包围，身为特委组织部部长的周文彬，是应该被掩护撤离的大首长，可他却为了掩护干部和群众突围，浴血奋战，子弹打光，头部中弹，壮烈牺牲，年仅三十六岁。

铁血战士，传奇英雄，冲锋率先，牺牲在前，生如夏花，死似彗星，一腔热血，千秋忠魂。刘少奇同志惋惜地说："文彬是中朝两国人民的好儿子，他是我党我军一位猛将！可惜他牺牲得太早了，是我党的一大损失啊！"

扪心自问，我能够这样敢于担当、勇于斗争、不惧委屈、不怕牺牲吗？如果我是周文彬，设身处地，我会这样吗？想想都不寒而栗，何况去做？朋友，你能做到吗？

凝望周文彬的雕像，我不能不充满敬意。

"靡不有初，鲜克有终"，何况年轻人容易冲动。革命高潮来时，群情激奋；高潮退去，很多人不革命甚至反革命了。他们或看不到希望，或意志薄弱，或惧怕牺牲，甚或本来就是投机。低潮时仍能坚守信念，不忘初心，坚持斗争，不怕牺牲，才是真正的革命者。1927 年秋，周文彬建立潞河中学党支部，正值革命最低潮。对于一个不及弱冠的中学生来说，这是何等的胆气！何等的见识！何等的坚定！周文彬从十八岁入党直到壮烈牺牲，无论形势如何起伏，生活如何艰苦，斗争如何险恶，他从未有过丝毫动摇。对于他，革命绝不是随波逐流，也不是心血来潮，更不是投机；而是崇高的理想，是坚定的信仰，是终生奋斗的目标。

和所有的父母一样，周文彬的母亲也非常关心儿子的婚事。她安排儿子去相亲，儿子却去与地下党员接头。母亲怎能不知道儿子的心思，只好作罢。周文彬一直没有结婚，没有自己的家庭（金家其他人于 1935 年回朝鲜）。他把所有的爱都献给了中国革命事业，都献给了中国人民。让我们看看三个小故事来体会体会吧。

枣红马的故事

抗日战争时期，冀东根据地仍属于游击区，斗争环境十分残酷。周文彬牵着一匹枣红马率领身边的同志们到各地游击办公，被称作“马背上的政府”。他对这匹枣红马十分喜爱，精心喂养，但骑马的时候却很少。行军的时候，这匹马主要用于为女同志、小同志和体弱同志驮背包、米袋、行李等物，成了“杂货驮子”。一次春节前夕，突然发现敌情，机关需要马上转移，他沉着地对大家说：“这里道路、地形我都熟悉，大家行动要听我号令。”他命令一个女同志骑在马上，自己提着顶上子弹的盒子枪走在最前面，既当向导，又当尖兵。同志们见此情形十分感动，几个同志在行军路上为他编了一首诗：

岁余寒未尽，除夕又行军。
烽火连天夜，枪声作炮声。
老周身先卒，河马殿后兵。

“周花子”的故事

周文彬转战冀东抗日根据地时，一次他们住在一个老乡家，穿戴比较整齐的警卫员打扫房间，他坐在院子里批阅文件，房东老大爷不认识周文彬，指着他向一个邻居说：“你瞧！这个警卫员怎么这么邋遢！”恰好这个邻居认识周文彬，笑着说：“大哥你老眼睛不灵，正好看拧了，他才是大首长呢！”

周文彬以革命为职业，没有任何收入，靠同志们和朋友们的帮助维持生活，他的同学张珍曾给他很大帮助。他每次来北京，总是买一两个窝窝头，充作一日三餐。

抗日战争时，斗争环境极其恶劣，根据地部队和干部的给养十分困难。周文彬总是带头省吃俭用，带头做最艰苦的工作。他经常把发给他的衣服送给别人，自己的衣服补丁加补丁。春夏秋三季，他穿的是很短的衣服，冬季仅穿一身粗布黑棉衣，经常头上戴着一顶破旧的黑礼帽，脚上穿着补了又补的黑色圆口布鞋，袜子破得不成样子。一条毛巾总是截成两半，节省着使用。周文彬看上去像个“叫花子”，同志们亲切称他“周花子”。

一盘炒鸡蛋的故事

在根据地的斗争中，周文彬经常处于极端紧张的状态中，夜以继日地行军和工作，生活条件极为艰苦，但他从来不接受任何生活照顾。一次在行军途中，两个警卫员看他天天行军，晚上还要工作到深夜，瘦得颧骨都凸出来了，感到十分心疼。他们设法搞来了几个鸡蛋，炒了一盘给他补补身子。他看了后严肃地对警卫员说：“要说困难大家都困难，为什么单要照顾我？”硬是不吃。最后在他的命令下，还是由两个警卫员和房东小孩子分吃了。他还特别嘱咐警卫员从自己的津贴中，给老乡送去了鸡蛋钱。

三则故事清楚地告诉我们：周文彬的爱，博大，深沉。

平时，周文彬是领导，骑着那匹枣红马行军本是他应有的待遇，可那匹马却成了“杂货驮子”。敌情突发，作为领导的周文彬是该被保护的，他却命令一个女同志骑马，自己提枪走在最前面，既当向导，又当尖兵。这就是周文彬的爱！

在百姓眼里，官历来都是衣冠楚楚的。共产党讲究的也只是官兵一致。可周文彬这个官，相对于“穿戴比较整齐”的兵，“怎么这么邋遢！”官比兵“邋遢”，恐怕只会出现在特殊场合，可在周文彬，却是常态。周文彬是这样跟警卫员说的：“不是我们愿意当‘叫花子’，这是敌人逼的。等推翻了三座大山，人民当了主人，建设一个美好富有的国家，那时，我们就再也不用当‘叫花子’了。现在，根据地还很穷，穿破点儿，光荣，不寒碜！今天当‘叫花子’，是为了明天不当‘叫花子’。”“周花子”分明是周文彬爱的勋章！

在极端紧张极为艰苦的战争年代，“脑袋别在裤腰上”，朝不保夕，吃一盘炒鸡蛋有什么大不了的？只要那鸡蛋不是偷或抢来的。可周文彬“硬是不吃”，他掏了鸡蛋钱，命令警卫员和房东小孩子分吃了。吃，他也比兵“邋遢”。这盘炒鸡蛋，承载了周文彬多少爱！

那个在突然转移的途中被命令骑马的女同志，那个“穿戴比较整齐”给“邋遢”的大首长当警卫员的同志，那吃炒鸡蛋的两个警卫员和房东小孩子，我似乎看到了他们眼里含着的泪水。

正是因为有爱，有大爱，周文彬才会有如此的奉献、如此的牺牲。像周文彬这样胸有大爱的共产党人领导革命，革命队伍怎么会没有强大的凝聚力、战斗力？老百姓怎么会不相信、不爱戴、不追随共产党？革命怎么会不成功？

久久凝望周文彬雕像，我思绪万千。

曾经有人质疑“大公无私”，质疑“崇高”。周文彬可以读大学，可以作为社会精英而混迹于上流社会，可以锦衣玉食，可以宝马香车，可以红袖添香，可以儿孙绕膝，可以鲜花掌声……他放弃多少人求之不得的这一切。他为了中华民族，为了劳苦大众，为了心中的信仰，宁可“一两个窝窝头，充作一日三餐”；宁可“看上去像个‘叫花子’”；宁可“自己提枪走在最前面”；宁可受委屈；宁可不要妻儿，不要家庭；宁可不要性命……请问，周文彬的“私利”何在？何在？我曾努力寻找他“有私”的依据，然而徒劳。无可置疑，周文彬除了无私，还是无私！除了崇高，还是崇高！

周文彬是“无我”的。从上个世纪 80 年代起，开始了“一代人的觉醒与叛逆”，讲求“我”，甚至做“精致的利己主义者”。我当然不反对“我”，但我深知，如果没有周文彬们的“无我”，“我”可能还被称为“东亚病夫”“支那猪”……绝大多数人是“我”不起来的。

两千五百多年前的仲尼先生，曾经“累累若丧家之狗”，那也不是为“我”，是为天下。如果缺了这份担当，老先生怎么可能成为千古圣人？怎么可能作为万世师表？

“我”是可以的，不崇高也无可厚非；但是，绝不能不对崇高充满敬意。毕竟我们都在崇高的大树下乘凉。

望着周文彬的雕像，在 2021 这个特殊的年份里，不能不让我感悟共产党人的“初心”；不能不让我思考潞河中学的校训为什么是“一切为了祖国”；不能不思考我该怎么做。

雕像对面的红楼 202 室，悬挂着 1927 年中共潞河中学党支部书记周文彬及其他成员的照片及简介。那里是潞河中学召开重要会议的地方，那里点燃了潞河中学的激情岁月的地方。

雕像与红楼之间是潞河中学的主路——文彬路。那是一届届穿着红色、蓝色、绿色校服的学生每天来来往往的路。

雕像后的人民楼，像半个方括号围护过来。墙上满是爬山虎，百年老楼绿意盎然。那里是潞河中学日常管理和教研的地方。

面向红楼，背倚人民楼，雕像静静地矗立着。小鸟时而飞上枝头鸣叫，时而落到草坪上啄食。艳阳透过古槐的浓荫，洒在这美丽的园地上。

保持乐观 做个高兴的人

人究竟应该怎样快乐地活着

人究竟应该怎样快乐地活着，这是人生的一个根本性的问题。一个人决定不了自己生不生，一般地说也决定不了自己活不活。实事求是地说，怎样活也只能决定一部分。能决定的这一部分就显得至关重要了。事实上，没有人想痛苦地活，所谓怎样活也就是怎样快乐地活。那么，怎样才能快乐地活着呢？关于这个问题，我写过四篇短文。

其　一

心态是成功的基石，也是快乐的源泉。培养良好心态有四个步骤：认识自我，接受自我，完善自我，欣赏自我。

认识自我。运用马列主义毛泽东思想，全面地、辩证地、发展地、实事求是地认识自己。做到这一点，就有了自知之明，就能客观地准确地认清自己的长处和短处，有什么优点，有什么缺点；什么是现在拥有的，什么是将来会有的；什么是改变不了的，什么是可以改变的；什么是有利条件，什么是不利因素；在小环境中处在什么位置，在大环境中怎样；是谁的朋友，是谁的对手……认清了自己，所做的一切就有了正确的依据、合理的目标。这些是关乎苦乐的。比如理想问题。缺乏自知之明，理想超越能力，理想就总是实现不了，就总是对自己不满意，就痛苦。理想滞后于能力，做起来没有挑战性，成功因来得太容易而得不到喜悦。事实上，人生的许多痛苦来自缺乏自知之明。

接受自我。在自知之明的基础上，运用道家思想，顺其自然。长处、有利条件固然接受，短处、不利因素，只要无法改变，也欣然接受。无论自己什么样，只要无法改变，都欣然接受，做到这一点，就可以解放自己，就不会至少是减少因此而来的痛苦了。如果自己学习成绩或工作能力一般，那就降低目标，扎扎实实地学踏踏实实地做便好，不跟成绩好能力强的人去比；个子矮那就矮好，个子高当然更好；小教员囊中羞涩也无所谓，没必要老想着大老板腰缠万贯好；有元帅潜质的士兵尽力去追逐元帅梦，不是元帅料安心当士兵也能做一个好士兵。是草就安心做一棵小草，是树就安心做一棵大树；是花就安心盛开，是果就安心成熟。接受了自己，就摆脱了不必要的烦恼，就会安下心来，踏实起来，快乐起来。

完善自我。接受了自己，不等于停滞不前。无法改变的不去改变是顺其自然，可以改变的去尽力改变也可以说是顺其自然。能够做到而没有做到，就会心有不甘。这“不甘心”就是“自然”。所以我们要顺着心（不能是贪心）的指引完善自我。完善自我，做最好的自己，就是成功，就会快乐起来。完善自我运用儒家思想，第一要务是重视品德修养，品德越高尚，心理越健康，生活越快乐。“一箪食，一瓢饮，在陋巷，人也不堪其忧，回也不改其乐。”颜回之所以“不改其乐”，就是因为他心在品德修养上。第二要积极进取，增长才干，充分发挥主观能动性，只要是能够改变的，能够学好的，就设法学好，艺不压身。才干会带来成果，会带来成就感，是快乐的源泉。是草就做最茂盛的草，是树就做最高耸的树；是花就开得最鲜艳，是果就长得最香甜。完善自我，实现自己应该且能够达到的目标，就是做最好的自己、快乐的自己。雷锋就做最好的战士，李素丽就做最好的公交车售票员，他们无疑是快乐的。

欣赏自我。有了前三个阶段，清楚并接受真实的自己，尽了最大的努力，做到了最好的自己。如果做到了最好的自己，就没有理由不满意自己，就会建立起充分的自信，进而理性地欣赏自己。达到欣赏自己的境界，就是幸福的人，就是成功的人，说得时髦一点，想不快乐都难！

简单地说，就是搞清楚自己是个什么样的人，有什么样的条件；不想那些不拥有的、做不到的，想那些拥有的，做那些能做到的。这就是好心态。把能做到的真的做到了，就是人生赢家。

想快乐地活着吗？自知、自爱、自强、自信吧！

其　二

首先，要有积极向上的生活态度。生活快乐与否，往往决定于生活态度的积极与否。消极与痛苦连体，积极则与快乐并蒂。有积极向上的生活态度，心灵充实，做事有劲头，生活有奔头；凡事就会往好的方面想，向好的方面做，就更有可能得到好的结果。那些像郭明义一样拥有“积极向上的生活态度”的人，都是快乐的人。

其次，要勇于奉献，乐于助人。人如果很自私，只考虑利害，只讲究索取，他没法快乐。因为他人都是他眼里的对手甚至敌人，生活在对手或敌人之间，患得患失，提心吊胆，即所谓“小人长戚戚”。而且欲壑是难填的，贪得者必无厌，下场很难会好，那些被打的“虎”被灭的“蝇”就是好例子。自私者何乐之有？人如果不自私，而是勇于奉献、乐于助人，他必然快乐。因为他人都是他的朋友甚至亲人，生活在朋友或亲人中间，有的是关心和爱护，并且无私的帮助必然换来衷心的感谢，换来崇高的声誉。奉献者其乐无穷。许多人拼命索取，以占有得多求得快乐，其实南辕北辙，因为即使得到快乐也一定是暂时的；郭明义们勇于奉献乐于助人，不必刻意求得快乐而快乐自然充塞内心。你看雷锋的照片，学习或工作时的专注而外，都是微笑，因为他快乐。

第三，干一行爱一行精一行。现在流行的说法是“我做我喜欢做的”，也就是“爱一行干一行”。这是需要讨论的，一是“我喜欢的”在很多人那儿并不明确，看看学生报高考志愿就知道了。没有或不清楚喜欢什么就不做了？二是你喜欢的你能胜任吗？相信也会有许多人喜欢当总统，你是那块料吗？让你做你能做好吗？三是你喜欢你也胜任你就有机会做吗？喜欢当演艺明星的人，有多少还在苦苦追求可能是永远无缘的，会有几个王宝强？四是还有个社会需要问题。大家都进演艺界，都当公务员，谁站岗？谁种地？谁挖煤？谁扫街？“我做我喜欢做的”作为职业永远是少数人的专利。大多数人以此求职，想求得快乐只能收获悲伤。怎么办？郭明义教你，“干一行爱一行精一行”。既然未必做到“爱一行干一行”，那就“干一行爱一行”，“爱”深了就“精”了。有了爱（喜欢）就有了乐，有了“精”就有了成就，有了成就感，就有了快乐。

人究竟应该怎样快乐地活着，学习郭明义吧。

其　三

佛家认为众生痛苦，而痛苦的根源在于欲望。只要能够觉悟到这个世界是虚幻的（即“悟空”），知道欲望其实是虚妄的，追求欲望如同水中捞月，于是无欲无求，自然也就没有由此而来的痛苦了。这样似乎是彻底解决了痛苦问题，可惜能达到悟空而无欲的境界太难，绝大多数人根本做不到。因为有欲望是人的本性。无法悟空，不能无欲，就不能快乐吗？我觉得也能。

一个人活得是否快乐，往往决定于他是一块什么材料和他有什么样的欲望之间的关系。我曾编过一个顺口溜：

大材大欲，可成大器；

大材小欲，幸福心理；

小材大欲，痛苦无比；

小材小欲，平心静气；

有材无欲，鹤子梅妻。

一个人是块什么材料，可以理解为他所表现出来的才能加上他的潜能，这里姑且把“表现出来的才能加上潜能”称为能力。

一个人能力强，欲望大，他就可能取得大成就；即使能力很强，要满足大的欲望，也需要艰苦的奋斗，心里是很难轻松的。如果能力很大，欲望却不大，欲望就可以轻轻松松地得到满足，心理感受就是轻轻松松的。如果能力很小，欲望却不小，竭尽全力也满足不了，心里一定特别痛苦。如果能力不大，欲望也不大，欲望容易满足，甘心做一个平凡的小人物，平常心态，也不会痛苦。如果有能力却没有欲望，那就会像宋代的林逋一样——隐居杭州孤山，植梅养鹤，以梅为妻，以鹤为子，清高自适——过着不求名不逐利的恬淡平静的生活。林逋这个境界，和得道高僧一样，芸芸众生做不到。

一言以蔽之，只要实际能力大于满足欲望所需要的能力，就应该是快乐的，反之就是跟自己过不去，难免痛苦。

如此说来，岂不是欲望越小越快乐？理论上可以是。但现实中未必，因为还有许多制约因素。比如，痛苦还有另一个源头——身外。你无欲无求，快乐地过着自己的日子，强盗会来烧杀抢掠，会来倾销鸦片，会来南京屠城。

显然，无论作为个人还是作为中华民族，都必须有让自身足够强大的欲望，以保证不受欺凌。这是不是又需要大欲了？当然是。这是不是注定要痛苦？不一定。

其实，人的痛苦大都源于私欲，以自我为中心，以利害为标准，时时处处事事想的是对自己有利还是有害，怎么能不痛苦呢？如果那欲望是崇高的理想，是大公无私，那些因私欲而来的痛苦自然就不翼而飞了。而为公为民为他人尽力尽责，就如梁启超所说："尽得大的责任，就得大快乐；尽得小的责任，就得小快乐。"即使在一般人看来是极度的痛苦，在追求崇高理想的人心里却可以坦然面对。谭嗣同说："我自横刀向天笑，去留肝胆两昆仑。"夏明翰说："砍头不要紧，只要主义真。"

总之，要快乐地活着，尽量减少私欲，尽量增加"公欲"。

其　四

歌中唱道"好人一生平安"，这当然只是美好的祝愿。但只要改一个字，便不仅仅是祝愿，也会成为事实。那就是把

“平”改成“心”，“好人一生‘心’安”。

人的一生中，做人始终是第一位的，是最重要的。我把做人大致分为五个档次，由低到高依次是：

一、损人不利己。专琢磨祸害别人，哪怕对自己有害。

二、损人利己。只要对自己有好处就做，哪怕对他人有害。

三、不损人利己。只要对自己有好处就做，但前提是对他人无害。

四、利人利己。对自己有好处就做，对他人有好处也做。

五、损己利人。只要对他人有好处就做，哪怕对自己有害。

人群中这五个档次的分布是呈橄榄形的，两端都是极少数人。且具体到某一个人身上，某时某地某事可能表现不同，但也不会跳跃太大。

在哪个（些）档次上会觉得快乐呢？我的理解和体验如下：

“不损人”是底线。“好人”与“坏人”的标准看“利人”还是“损人”，“利人”就是“好人”，“损人”就是“坏人”。

做人争取做“好人”，坚决不做“坏人”。理由就是：“好人一生心安！”

为什么“好人心安”呢？

好人一不怕自己，二不怕他人（不包括警察），三不怕警察。即：一不怕自己良心的考问；二不怕他人评头品足；三不怕纪律法规的惩罚。

为人几分，高尚几分。“高尚是高尚者的墓志铭”，有的时候还真是。但是，高尚者还有墓志铭在，用臧克家先生的说法，就是“高尚者死了，他还活着”。

“人不为己，天诛地灭”，人只为己，恐怕也会人人灭你。“卑鄙是卑鄙者的通行证”，肯定是，不过有的时候也通向深渊。“卑鄙者活着，他已经死了。”人之所以为人，在精神。人缺少精神追求，与犬马何异？

做个好人吧！一生心安！一世快乐！

2019年教师节上的发言

尊敬的各位领导、各位老师：

大家好！

今天是我们自己的节日，大家节日同乐！

作为教师代表，我很惭愧；因为很多人做得比我好。

作为教师代表，我又不惭愧。理由有二：

其一，我当年的高考志愿书上只填写了唯一的一所大学：东北师范大学。毕业至今，老老实实地当教师，兢兢业业地当个好教师，是典型的不忘初心。

其二，我是潞河中学教师，我的爱人是潞河中学教师，我的孩子还是潞河中学教师。我们家是教师之家，而且是潞河教师之家。

今天这个场合适合抒情，可我不善于抒情。那我就讲一点儿道理，希望对年轻教师能有那么一点点的启发。

最近我在微信里看到一篇题目叫“开学”的小学生作文。写的是：

你知道我们为什么要开学吗？

因为再不开学家长要疯了！

那为什么开学四个月又要放假呢？

因为再不放假老师要疯了！

所以开学——放假——开学——放假。

这样，家长和老师都不会疯了！那为什么开学时间长放假时间短呢？因为老师是专门训练过的，抗“疯”能力要强。

这几句话表达简洁逻辑严密，未必是小学生写的，有可能某个老师才是“捉刀人”。这个段子当然太夸张，但也在一定程度上说明，今天的孩子相当不好教育；可对于老师，面对难缠的熊孩子还不是全部，还要面对升学压力，面对各种考评，面对填不完的表，等等。往往是身下班了，心还在工作。常常是身心俱疲，弄不好就会“出师未捷身先‘废’”。

怎么才能既保持身心健康又把老师当好呢？一言以蔽之，以审美的态度工作。

人们的工作态度可以有三种。一是功利的态度。大多数人属于这一种，把工作作为谋生手段。二是审美的态度。淡化功利目的，强化审美感受，视工作为表现自己聪明才智的舞台，视工作为乐趣；三是宗教的态度。宗教观念、宗教情感可以使人执着地、无条件地献出一切。西天取经历经磨难而毫不退缩的唐僧，就是这种态度。以这种态度做事，非成功不可。如果有谁以宗教的态度献身教育，一定会成长为教育家。

以功利的态度工作，一是努力得有限，如果走五步就能得到预期的酬劳，即使余力尚多，也不必从而不肯走六步，更甭说十步了；二是感觉累，为挣钱工作，只重结果，不重过程，就难以体验过程中的快乐。应付差事，即使强度不大，也会觉得累。

以审美的态度工作，有更多的情感参与到过程中来，一是努力可以无限，投入主要不是为了获得，过程本身充满着创造的体验、美的感受，因而做着乐，乐于做，努力就会无限。

举一个我这个年龄的人耳熟能详的例子。《射雕英雄传》里老顽童周伯通不像欧阳锋那样不择手段，也不及郭靖刻苦，更不如黄药师聪明，他最终武功第一，就是因为他觉着练武好玩儿，目的在过程里，自然越练越爱练，努力可以无限，武功的进境也就无限。二是不感觉累，上面的例子里，欧阳锋练得苦，郭靖练得累，而周伯通，不苦不累，只有乐。有个成语叫“乐此不疲”，说的就是这种情况。对所做的事感到美好，就乐于做，就不觉得累。如果说当老师晋上特级算作成功，我的成功主要就源于对教师工作的热爱。有开头不忘初心的话为证。

当好老师又能身心健康，对于多数老师，尤其年轻老师，还远远不够，还要有点野心，做点成名成家的梦。

咱们还用《射雕英雄传》的例子。

几位顶尖高手里，一灯大师同周伯通一样痴迷武功，他宁可舍弃后妃甚至皇权。黄药师极其高傲，绝顶聪明，别人的武功大都是继承的，他的武功大都是自创的。欧阳锋誓争天下第一，为此练功到了痴狂的程度。洪七公侠肝义胆，练就了丐帮祖传的降龙十八掌、打狗棒法等上乘武功，在江湖上行侠仗义。小一辈的郭靖，也跻身武功顶尖高手之列，他虽然资质一般，但纯是正人君子，胸中满是家国情怀，勇于担当，责任感最强，练功特别刻苦，人一能之己百之，终成大器。

这些顶尖高手之所以成为顶尖高手，大致分为四类。

第一种黄药师，靠的是绝顶聪明，这是上天垂青，不可复制。

第二种老顽童和一灯大师，靠的是兴趣，是痴迷，这是有可能培养出来的。

第三种郭靖和洪七公，靠的是责任感，是担当，这种家国情怀可以说是一种信仰，近于宗教态度，所以资质一般也能达到极高的境界。这虽然少有人做到，却是谁都能做的。

第四种欧阳锋，靠的是极强的功利目的，不择手段，损人利己，最后疯掉了。这是反面教材。

可见，无论你什么样，你不觉得你很有可能成为高手吗？相信在座的年轻老师有的已经在盘算了：“我将靠什么成为高手呢？”但愿将来的潞河中学，高手林立！

还可以引申两点。

其一，每个顶尖高手都有自己的看家本领，都有自己打遍天下的绝活儿。老师们，无论你是自创还是继承，你不觉得你应该练就一手绝活儿吗？但愿将来潞河中学的教师，你有降龙十八掌，他有九阴真经，我有弹指神通。

其二，故事的主角是那位儿歌里唱的“傻”郭靖。就因为是正人君子，就因为心系家国，他得到了黄蓉的芳心，他练就了绝顶的武功，他践行了“为国为民，侠之大者”。老师们，你不觉得“立德树人”最重要吗？立德树人，先把自己立起来、树起来，再把学生立起来、树起来。

当我们身心健康地成为一个顶尖的老师，我们就会产生这样的职业认同：我骄傲，我是光荣的人民教师；我快乐，我是优秀的人民教师。

再一次祝大家教师节快乐！做快乐教师！天天快乐！

完人张衡

郭沫若曾评价张衡："如此全面发展的人物，在世界上亦所罕见。"读了不足七百字的《张衡传》，对郭老的评价深以为然，深感张衡几近于完人。为了表述方便，也因为对张衡太敬服，就干脆称张衡为完人。

张衡不仅有突出的科学才能，还有了不起的政治才能、文学才能。用今天的话说，文理兼备。在科学上，他的理论能力和实践能力都超强。看他"收禽"豪右的情状，也可想见他的军事才能。用古代的话说，文武全才。至于今天看重的经济才能，课文没有提及，不敢说有，同样也不能说无。

从文中记载的张衡出仕和与宦官周旋的情况看，张衡的处世才能也极强。

张衡善于等待时机，善于把握时机。"举孝廉不行，连辟公府不就……大将军邓骘奇其才，累召不应"。"不行""不就""不应"，是因为张衡淡泊宁静，更是因为时机不对。"举孝廉"仅仅是被举荐，朝廷用不用，做什么都不清楚，所以

“不行”；到“公府”与大将军府只是做幕僚，仰人鼻息，又不能很好地发挥自己的作用（比如很难“专业对口”），所以“不就”“不应”。况且，大将军邓骘是专权的外戚，是朝廷矛盾斗争的焦点人物，到大将军府做事弄不好会无端地惹上麻烦。张衡有充分的自信，并不急于出山。机会很快就来了，“安帝雅闻衡善术学，公车特征拜郎中，再迁为太史令”。显然这次张衡没有推辞。“安帝雅闻衡善术学”，皇帝了解自己所长并因而起用，焉能不出山？“拜郎中”应是过渡性的，“郎中”是皇帝的侍从，一者在皇帝身边以示信任、荣宠；二者“衡善术学”皇帝毕竟是“闻”，安排到身边就可“见”了。接着皇帝就会因其所长而授官了，果然“再迁为太史令”，“专业对口”了。这些，张衡当然看得出来，焉能不出山？“公车特征”，足够尊重；“拜郎中”足够信任，焉能不出山？当然，皇命也难违。

从才能上讲，张衡是完人。从性格等方面讲，张衡也是完人，更加世所罕见。

张衡的性格几无缺陷。张衡才高，而且不止“八斗”，高不可攀。翻翻历史，看看现实，才高的人很容易因其才高而产生这样那样的问题。“能耐有多大，脾气就有多大。”而张衡全不这样。

才高容易骄傲，而张衡“虽才高于世，而无骄尚之情”。

才高也容易嘚瑟、显摆，而张衡“常从容淡静”，低调做人。

才高容易产生怀才不遇之感，有多少古人这样！而张衡“所居之官积年不徙”，不见他的幽怨之情，亦未闻他怨天尤人。

才高容易锋芒毕露而伤身，张衡有责任感又不蛮干，见“王侯以下莫不逾侈……作《二京赋》，因以讽谏”，“宦官惧其毁己，皆共目之，衡乃诡对而出”。“讽谏”“诡对”，都藏着锋芒，所以终得善终。

才高容易明哲保身而远离尘世，一身才能不为世用，而张衡见“王侯以下莫不逾侈……作《二京赋》，因以讽谏”，“政事渐损，权移于下，衡因上疏陈事”，关心社会，关心政治。做太史令、河间相更是有很多实绩。

张衡关心世事积极入世而又能明哲保身。“政事渐损，权移于下”，也即是宦官掌权乱政，张衡于是“上疏陈事”。可见其积极入世的社会责任感。他不仅敢于“陈事”，还善于“陈事”。由于他说得切中时弊又非常得体，所以深得皇帝信任，“迁侍中，帝引在帷幄，讽议左右”。但时政毕竟“权移于下”，皇帝还无力收拾宦官，而宦官对张衡构成了巨大威胁。张衡“诡对”“思图身之事”，不蛮干，不做无谓的牺牲。这段时间他的心里十分矛盾、苦闷，于是他“作《思玄赋》以宣寄情志”，把对人生和社会的思考记录下来，也是自我心理疏导。

有的同学会问，张衡为什么不坚决斗争，清除“阉竖”？如果了解当时的历史就会知道，张衡做不到。如果能做到，他不会退却的，看他在河间相任上的所作所为即可知道。

也有同学会问，张衡为什么不像苏武那样，豁出性命，绝不屈服？二人处境不同。张衡进是一死，且死也于国事无补，几近白死；退是维持原状。而苏武，进是坚守节操的烈士，维护了国家民族的形象；退是降敌的汉奸，损害国家民族的形象。

“不好交接俗人（普通人）”，可能“好交接”“当世（权贵）”。而张衡“不好交接俗人”，亦“不慕当世”。估计在张衡眼里，“当世”也是“俗人”。“不交接俗人”，不受俗事干扰；不攀附权贵，不受权贵左右。轻轻松松做人，清清白白做人；活出了自我，活出了自尊，也远离了是是非非，保全了身家性命。

就我所了解的历史人物，综观各个方面，其完美程度与张衡比较起来，无出其右。

完人张衡是怎样炼成的呢？

“少善属文”，显然天赋极好。但天赋只是潜能，要成为现实，还必须好好学习，“游于三辅，因入京师，观太学，遂通五经，贯六艺”。“遂”字表明，“贯通”是学来的。

更有价值的问题应该是张衡为什么能学？上文交代过，“少善属文”，有天赋，聪明。但这不是主要原因，聪明的人太多，张衡则太少。张衡学得那么好主要在于他的性格。

“无骄尚之情。”不骄傲，就学无常师，就学无止境。

“从容淡静。”诸葛亮说：“非淡泊无以明志，非宁静无以致远。”张衡不汲汲于名利，淡泊宁静，能安下心来，静下心来，坐得住，想得透。

“衡乃拟班固《两都》作《二京赋》，因以讽谏。精思傅会，十年乃成。”不是专搞文学的，一篇赋写到十年，一定是容不下一丁点儿的不满意。“精思傅会”到什么程度？这就叫精益求精。

“不好交接俗人”，“不慕当世”，人格独立，更能保证一门心思沉浸在学问里、事业里。

大材小欲。“极高明而道中庸”，“既明且哲，以保其身”。其张衡之谓与！

避免纠结，造就和谐自我

季羡林先生说：“和谐，不仅要人与人和谐，人与自然和谐，还要人内心和谐。”内心和谐最难做到，因为人的内心总有一些坚硬的东西和一些柔软的东西，它们之间经常产生矛盾冲突，让人纠结，让人焦虑，让人内心无法和谐。

让内心保持和谐，关键是要正确对待内心中那些硬的东西和软的东西。所谓“硬的东西”，可以是原则、坚持、刚强……所谓“软的东西”，可以是灵活、妥协、柔弱……人生会遇到许多摇摆于坚持还是放弃的选择，会有许多想咬牙又想流泪的时刻，内心那些硬的东西和软的东西难免纠结。如何正确对待，达到自我和谐呢？

先说说原则性和灵活性。做人心里要有原则，又要灵活。什么时候该坚持原则，什么时候可以灵活权变，心里要清清楚楚。依此做出决定，当时不纠结，以后也不悔恨，内心就和谐了。讲原则应该讲底线，在原则问题上给自己画出一条底线，一条不能逾越的底线。只要不触碰底线，尽管灵活；触碰底线，绝不通融。纠结源于摇摆，有了绝不可突破的底线，就可以不摆了。比如写作业与玩游戏，给自己设一个必保的底线——作业不写完，坚决不碰游戏。保证做到了就不会在写作业还是游戏之间纠结了，就不会因为玩了游戏而后悔自责了。

再说说坚持与妥协。是坚持还是妥协，是人的心里常常纠结的东西。怎样才能不纠结呢？还是心里要有准谱。该不该坚持，主要看坚持的是什么，如果坚持的是方向性的，是努力就可以达到的目标，是原则底线，就要毫不动摇地坚持；如果坚持的是方法，是努力也达不到的目标，是非原则性的，不妨妥协，否则就可能是跟自己过不去。比如，要做一个积极进取的孩子，考试名次要再前进两名，作业不写完绝不做游戏，这些必须坚持；是自学还是跟老师学，身为中等生却一定要考第一，作业写完之后是否玩一会儿游戏，这些不妨妥协。

最后说说刚强与柔弱。人的内心同时存在刚强与柔弱两个“我”，让这两个我之间和睦相处，不打架，应该不难。刚还是柔如果源自内心而非外界，想怎样就怎样。如果不是源自内心而是想做给外界看的，难免纠结。“打掉牙齿和血吞”，如果是发自内心的要这样，“吞”就是了；如果是做给别人看的，内心就会滴血。如果痛苦得想大哭，可又觉得自己是男子汉，哭就娘了，于是强忍着不哭，内心就会煎熬；如果想哭就哭，“男人哭吧哭吧不是罪”，就不纠结了。

让内心那些硬的东西和软的东西不冲突，首要的是管理好硬的东西，画好边界，明确标准。不摇摆于软硬之间，不纠结于该硬还是该软。冲突避免了，内心就和谐了。

理性对待内心的软硬，给“硬的东西”一个硬标准，避免纠结，造就和谐自我。

雷锋，你幸福吗

“你幸福吗?”这是一个很摩登的问题。在今天这个特殊的日子（3 月 5 日）里，我也忽生摩登之念，想问问雷锋：“雷锋，你幸福吗?”

我猜雷锋一定会肯定地回答：“相当幸福。”为什么呢?

积极的内心

雷锋有一个非常积极乐观的心态，用今天的话说，内心充满了“正能量”。积极向上，乐观自信，激情似火，精神抖擞。萎靡、失落、消沉……跟雷锋离得远远的。

阳光的外表

雷锋有很多照片，大都笑容可掬。而那笑容，既不是因“服务需要”训练出来的，也不是因“表演需要”而假装出来的。清纯，自然，发自内心。内心积极乐观，外表怎能不流露出来。从穿戴上看，雷锋也阳光。

争上游争了上游

雷锋有积极的内心，同时也有与之相应的切实的行动。积极的内心让他“争上游”，切实的行动让他“争了上游”。无论在工厂还是在部队，他都把本职工作做到最好，是“上游”，是榜样。

钻下去钻了下去

雷锋有著名的“钉子精神”。“钉子精神”，用雷锋的话说，就是“钻劲”“挤劲”。雷锋能够抓住一切可利用的时间来学习。积极的内心让他自觉“钻下去”，切实的行动和聪明的头脑让他“钻了下去”。翻翻《雷锋日记》就知道，小学文化的雷锋是什么水平。当然他的“钉子精神”不仅仅表现在学文化上。

与外界和谐

雷锋的人生观、世界观和价值观正是当时社会大力提倡的，因而雷锋与社会是和谐的；雷锋助人为乐，与人为善，自然特别受人欢迎，因而雷锋与他人也是和谐的。

与自己和谐

雷锋是个纯粹的人，是个脱离了低级趣味的人。只要是有益的事，他就毫不犹豫地去做。他的心里没有那么多矛盾斗争，不闹心，不抑郁，不失意，不失衡……雷锋又经常写日记，这是极好的自我教育手段。

这样的雷锋，能不幸福吗？

学习雷锋，做幸福的人。

平凡也自豪二则

其　一

记者采访一位名人的母亲时说：“您有这样出色的儿子，一定会感到十分自豪。”母亲赞同地说：“是这样。不过，我还有一个儿子，也同样使我感到自豪，他正在地里挖土豆。”

这位母亲的话令人深思。儿子出色，确实让母亲自豪；儿子挖土豆，母亲有什么自豪的？换句话说，不平凡是可以自豪的。平凡也可以自豪吗？要回答这个问题，得先讨论一下“平凡”和“自豪”这两个概念。

平凡与否通常是他人的、公众的评价，更多的是对一个人的表现的评价，只要你没有做出轰轰烈烈的事迹，就说你平凡。

而自豪，顾名思义，“自己”觉得“豪”，是自我感觉、自我评价、自我肯定。（只是“我”可以有不同的范围，比如

“五星红旗，我为你自豪”，“五星红旗”是中国的象征，而“我”是中国的一分子因而可以这样说。假如一个美国人也这样说，是不通的。）自豪的依据，通常是个体内心的价值判断，可以是一种感受、一种精神、一种品质。这种自我肯定与公众的肯定可以相同，也可以不同。不同是指没有做出轰轰烈烈的事迹，而自我肯定的依据又不那么充分或与公众的价值观相悖，这些人自豪，别人会觉得没道理，会报以哂笑。相同的情况有两种，一是做出了轰轰烈烈的事迹，也即不平凡，得到了自己和公众的肯定，自然自豪；一是没有做出轰轰烈烈的事迹，也即平凡，但若自己仍然肯定自己，且依据是合理的、正面的，自己当然自豪，公众也不会不承认，所以照样自豪。其中思想境界崇高的平凡者，从精神品质角度讲，实在是不平凡，这种平凡值得自豪，更是毫无疑问。下面我们讨论两个例子就更清楚了。

比如本文开头提到的母亲，对“正在地里挖土豆”的儿子感到自豪，为什么？这个儿子虽然不是名人而是平凡的人，但母亲对他也是不乏母爱的。我们甚至可以这样推断，这个儿子不愿意靠做名人的哥哥吃饭，而是独立自主，自食其力，安于“挖土豆”，是很有些骨气的；或者说，他自知胜任不了哥哥给安排的体面的差使，宁可“挖土豆”，是很有些自知之明的；或者说，他热爱劳动，闲不住，是很有些好习惯的。总之，母爱也好，有骨气或有自知之明或有好习惯也好，都是正面的依据，所以，母亲“感到自豪”，理所当然。

前几天看了一部电影，名叫《张思德》，很受感动。张思德总是忙忙碌碌，任劳任怨。一次，他的好友刘秉钟对他发牢骚："我们仪陇老乡别人都升官了，可你仅仅是个小班长，还给整编掉了。"张思德没有不平，而是数起了牺牲的老乡……还有一次，一个和他一起烧炭的小战士闹着要上前线，他说，当初他也想上前线杀敌立功，后来想明白了，脚底下就是前线（任何工作都是整个抗战不可缺少的一部分）。最后，他在山中烧炭因炭窑崩塌而牺牲。毛泽东在他的追悼会上说，张思德平凡，平凡得就像清凉山上的一棵草，但是，张思德同志全心全意为人民服务，"是为人民利益而死的，他的死是比泰山还要重的"。张思德平凡，张思德崇高。张思德的在天之灵，完全有理由自豪！

平凡是可以自豪的，只要平凡者的价值取向是正面的，精神是充实的。思想境界崇高的平凡者更可以自豪。

其　二

小草虽然没有鲜花的美丽，没有大树的伟岸，是平凡的；但它们绿化原野，保护水土，是值得自豪的。蜜蜂虽然没有蝴蝶般飘逸，没有鹰隼般矫健，是平凡的，但它们勤劳不辍，酿造甜蜜，是值得自豪的。

大厦的建成没有栋梁固然不行，没有砖瓦、沙土同样不行。列车的奔驰没有机车固然不行，没有螺丝钉、枕木同样不行。社会的发展没有政治家、科学家、教育家、企业家、军事家、艺术家……固然不行，没有普通的工人、农民、教师、办事员、服务员……同样不行。主角固然不能缺少，配角乃至做幕后工作的也不可缺少，也有自己的价值，也是值得自豪的。

平凡自有平凡的价值，平凡也自豪。

一滴水是微小的、无力的，无数滴水可以汇成江河湖海，可以托起万吨巨轮，可以生养鱼鳖虾蟹；可以移山，可以造田。一粒沙、一块石是微小的、无力的，无数粒沙、无数块石可以托起万里铁轨，可以建成千尺高楼；可以造山，可以填海。一个普通人是渺小的、无力的，千百万个普通人合起来，力量大无边。无数个农民的辛勤耕耘，广阔的田野上才能绿油油、黄灿灿；无数个工人的默默劳作，矿井里的煤、地下的石油才能源源不断地运往四面八方，机器才能昼夜不停地运转；无数个士兵的汗水和热血，铸就了钢铁长城，才使得国家安宁，社会稳定；无数个……

平凡合在一起就是不平凡，平凡也自豪。

小小的飞蛾，为了寻求光明，敢于冒着被焚的危险，扑向烛火。小小的蜡烛，为了给人们带来光明，不惜毁灭自己。

“宁可一人脏，换来万人洁。”淘粪工时传祥如是说。“对待同志像春天般温暖，对待工作像夏天一样火热。”解放军战士雷锋如是说。“辛苦我一人，方便千万家”，“你不奉献我不奉献谁来奉献，你也索取我也索取向谁索取?”水电修理工徐虎如是说。

平凡的人，可能有一颗不平凡的心，平凡也自豪。

泰山不让土壤，故能成其高；河海不择细流，故能成其深。

“群众是真正的英雄”，毛泽东坚信此理，放手发动群众，壮大人民力量，终于推翻了三座大山，建立了新中国。伟大的毛泽东离不开平凡的群众。

不平凡离不开平凡，平凡也自豪。

丑小鸭可以变成美丽的白天鹅；骇人的毛毛虫可以变成可人的花蝴蝶。

李时珍科举不第，但努力不辍，苦读了八百多种医书，作了几柜子的读书笔记，又跋山涉水，亲尝草药，终成巨著《本草纲目》。落第的举子苦读医书、亲尝草药也许是平凡的，传世医药学名著的作者一定是不平凡的。

平凡也可以发展为不平凡，平凡也自豪。

平凡有什么不可以自豪的?

宽　容

宽容是德行，这无须说明。宽容也是智慧。因为它利己——可以让自己快乐，可以让自己成事；也利人——让人舒服的同时也可以让人受到教育。当然宽容也不能滥用，须凭智慧选择。

宽容可以让自己快乐。宽容是快乐的途径之一。宽容那些让你不快乐的人、事，把它们看小、看淡；或者换个角度看，看出点好来，快乐就属于你了。弥勒佛因为“大肚能容”，所以“笑口常开”。宽容也会赢得别人的赞扬，谁不爱听赞扬？快乐就又来了。

宽容可以让自己成事。绝大多数的事都无法不靠别人光凭自己独立完成。靠别人，可以通过利益之类来实现。但这有限，让人敬服则是无限的，尤其成就大事。中国有句古话：“将军额前跑下马，宰相肚里能撑船。”成大事的将相，必有大心胸，能宽容，方能让人尊敬、让人佩服，树立起崇高的威信，从而御敌辅国，建功立业。“将相和”的故事，就是最好的注脚。

受到宽容的人逃脱了批评或者惩罚，而得到的教育又往往比批评或者惩罚更深刻。廉颇负荆请罪，正是蔺相如宽容的结果。良药甜口，岂不更好？如果这宽容再传递下去，会化解多少矛盾，会促成多少和谐？

《韩诗外传》中记载了一则“楚庄王绝缨”的故事。楚庄王有一次宴请群臣喝酒，并把自己宠幸的美人叫来助兴。喝得正欢，蜡烛突然灭了，一位臣子乘机调戏美人，美人扯断他的帽带后密告楚王。楚王却大声说：“今天和我共饮，不拉断帽带不算喝痛快了。”众人都拉断帽带然后再点灯，最后尽兴而散。楚王宽容了这位臣子。三年以后晋楚交战，这位臣子总是冲锋在前，五次交锋，五次奋勇击退敌人，终于取得了胜利。

楚庄王宽容，没有因为美人的密告影响快乐的心情，保证了晚宴的兴致，也救了酒后失德的臣子，甚至赢得了一次战斗的胜利。

鲁迅在北京当老师的时候，有一天，一个叫冯省三的大学生，拿一双破靴子到鲁迅家，让鲁迅拿到鞋摊去补。补好拿回来，冯同学似乎嫌慢，不太高兴地接过去走了。鲁迅不认识他，更不欠他什么，当得知他是哪里人后，鲁迅只说一句“山东人真直爽”了事。还有一天，鲁迅坐人力车回家。由于雪后地滑，车夫连人带车翻倒在地，腿受了伤；鲁迅也摔在地上，磕掉两颗门牙，满口是血。鲁迅没有责怪车夫，而是急忙询问车夫的伤情。回家后，家人惊问，他说：“世道真的变了，靠腿吃饭的，跌伤了腿，靠嘴吃饭的，撞坏了嘴。”后来，鲁迅在《从胡须说到牙齿》一文中写道：

> 民国十一年秋，我“执事”后坐车回寓去，既是北京，又是秋，又是清早，天气很冷，所以我穿着厚外套，戴了手套的手是插在衣袋里的。那车夫，我相信他是因为瞌睡、糊涂，绝非章士钊党；但他却在中途用了所谓“非常处分”，以“迅雷不及掩耳之手段”，自己跌倒了，并将我从车上摔出。我手在袋里，来不及抵按，结果便自然只好和地母接吻，以门牙为牺牲了。

想象一下，身边哪个老师遇到冯省三会怎样？你乘车无端受到磕掉两颗门牙的伤害会怎样？十有八九是怒，是大怒；是骂，是大骂。

鲁迅呢，以幽默待之，一笑了之。放过别人，也避免了恼怒，解放了自己。

当然，楚庄王的臣下如果做出的是临阵脱逃之类的行为，楚庄王是不会宽容的。因为调戏美人侵害的是个人，是生活小节。临阵脱逃侵害的则是军队、国家的利益，是大节。对公事、大节，是不能宽容的。

鲁迅那么宽容，可他在逝世前却说：“我一个都不宽恕。”那是因为涉及原则问题。

一个孩子哪怕偷了个小玩具，家长也是不能宽容的，那是因为宽容可能变成纵容。

总之，选择宽容，就是选择快乐。也要注意，宽容不能滥用。

切莫“自讨苦吃”

“苦”不好“吃”吧，可有的人却偏要讨着“吃”。不信请看：

有的人能把一次小考的偶然失手，放大为终身学业的彻底失败，长时间陷于痛苦之中，乐不起来，学不进去，甚者可能从此荒废学业；有的人能把老师当众的几句批评，放大成面子丢光，尊严丧尽的奇耻大辱，会觉得周围投来的都是嘲笑的目光，或者痛恨老师，仇视同学，或者拿自己当“破罐子”索性“破摔”；……像这样夸大挫折，放大痛苦，不是名副其实的“自讨苦吃”吗？显而易见，这对学习是有百害而无一利的，对生活、对事业也是如此。

既然“夸大挫折，放大痛苦”有害无利，为什么这样做的还不乏其人？原因有许多，大致归纳起来有三条。

一是个性。或者性格孤僻，内向；或者心胸狭窄，自私；或者缺乏自信。这些类型的人都容易放大痛苦。痛苦产生后需要排遣、化解才能消失，孤僻内向的人缺少排遣渠道，会让痛苦在心中郁积，膨胀；心胸狭窄的人对自己、对眼前看得太重，会强化挫折，增加痛苦；缺乏自信的人是际遇、环境的奴隶，面对挫折，只会被动承受，任由痛苦蹂躏。

二是认识。对自己和环境，尤其是对变化了的环境缺乏认识，产生错觉，徒增痛苦。比如一个初中时在学校总考第一的尖子生，上了重点高中第一次考试，在班级仅考了个中游，他可能会觉得自己笨了，落后了，甚至自信都没了。他忘了如今身边的同学已不是初中时的那些没有考上重点高中的同学，而是和他一样初中时是学校的尖子生。再比如一个考试成绩不错的同学，他可能在课堂上觉得别人的反应比自己快多了，原因是自己还没有想好的问题其他同学已经说出了答案，于是嫌自己笨，闹心，上火。事实上，这次的问题是甲同学解答的，下次是乙同学解答的，他把自己算一方，把自己而外的班里所有同学算另一方来进行比较，他怎么能比得过？怎么能不显得笨？怎么能不痛苦？

三是经验。生活太顺利，对挫折缺乏直接经验，缺乏切身体会，也就缺乏承受能力。一旦面对挫折，容易不知所措，感到无法克服，因而痛苦大增。

一个人愿意“夸大挫折，放大痛苦”，常常是上述三个因素综合作用的结果。不同的人，主导因素可能不同。今天的中学生，大部分是独生子女，素有“小皇帝”之称，缺乏兄弟姐妹的交流，更缺乏挫折的磨炼；家教的偏颇，又使得“小皇帝”们自私狭隘，所以，“小皇帝”们很容易“夸大挫折”，

“自讨苦吃”。

“夸大挫折，放大痛苦”的人要“直面挫折，化解痛苦”，就要在导致放大痛苦的三个因素上对症下药。

一要学会交友、做人。多交知心朋友，多与周围人沟通，积极交流，善于宣泄。自己的心胸如果是个“马蹄坑”，要把它拓展成“脸盆”，拓展成“湖泊”乃至“大海”。要学会关心别人，学会不只是站在自己的立场上看问题，能志存高远更好。

二要学会辩证分析。联系地看问题，发展地看问题，准确地、客观地把握自己和环境。也要一分为二地看问题，挫折既是负面的，也存在正面的作用，它可以带来痛苦，也可以增长识见，还可以带来对意志的磨炼。

三要把挫折当作财富，当作成功之母，主动迎接挑战，磨炼意志；积累经验，总结经验。

当然，像看心理医生、转移注意力等等方法，还有很多，不再赘述。总之，只要把好脉，对症下药，挫折面前，就不会“自讨苦吃”了。

珍惜拥有是一种人生觉悟

你常常后悔吗？你常常羡慕别人吗？你常常觉得自己一无所有吗？……如果你的回答是肯定的，那可以断言，你还不觉悟，还不知道珍惜拥有。

为什么要后悔？就是当初没有好好珍惜。有个词语叫“悔不当初”。工作不顺的时候后悔当初没有好好学习，孩子不肖的时候后悔当初没有好好教育，双亲不在的时候后悔当初没有好好孝敬……如果珍惜“当初”拥有的学习机会，珍惜“当初”拥有的教育时机，珍惜“当初”拥有的尽孝时间……还会后悔吗？

只有目前拥有的，才是能够把握的；只有珍惜这拥有，才能及时地把握，才有无悔的人生。“往者不可谏，来者犹可追”，忘掉过去，把握现在，珍惜现在拥有的一切，未来的人生才能无悔。明乎此，才是觉悟。

为什么要羡慕别人？就是那些不觉悟的人眼睛总是向外看，总是发现别人的优点、优势，总觉得别人优越、优等。有个俗语叫“人比人得死，货比货得扔”。于是那些人就羡慕别人，觉得自己“得死”。这样徒增自卑，毫无益处，何苦呢？不如眼睛向内，审视自我，尤其要努力发现自身拥有的长处、优势，珍惜它们，把握它们，发展它们，扬长避短，做一个最好的自己，才现实，才合算，才快乐。

只有自己拥有的，才是能够把握的；只有珍惜这拥有，才能更好地把握，才能塑造一个独特的自己、最好的自己。珍惜拥有，把握自己，何羡乎他人？晓得此理，方为觉悟。

为什么觉得自己一无所有？就是所拥有的自己觉察不到。看过一个小故事，已经记不大清楚了。大致是说有一个穷青年感慨自己一无所有，苦恼极了。一个哲人问他：“我砍掉你一只手，给你一万元，你干不干？”青年回答：“不干。”“假如让你变成八十岁的老翁，给你一百万元，你干不干？”“不干！”“假如让你马上死掉，给你一千万元，你干不干？”“不干！”“你还觉得自己贫穷吗？”青年向哲人深施一礼转身走了。青年拥有健康，拥有劳动能力；拥有青春，拥有时间；拥有生命……

只要活着，至少就还拥有无价的生命；只要仔细盘点，每个人都拥有很多。只有觉悟到自己很富有，才能够好好地珍惜，好好地把握，好好地生活。懂此道者，乃觉悟也。

穷青年那么“富有”却觉察不到，这是人的一个通病，就是在拥有的时候不知道珍惜，甚至不知道拥有，待到失去的时候才知道可贵，才知道曾经拥有。由此可知，让人们觉悟起来，珍惜拥有，最好的办法莫过于让他们先失去，体验失去。不珍惜视力的人让他蒙上眼睛过两天，不珍惜粮食的人让他饿两天，不珍惜水的人让他到沙漠里生活两个月，不珍惜学习机会的孩子让他下矿井挖两个月煤，不珍惜亲情的孩子让父母离开他两个月……当然，许多时候无法做到亲身体验失去，但至少可以在头脑里假定失去，再做符合逻辑的推想，即所谓思想实验。另外，常怀感恩之心，养成乐观态度，也有助于觉悟拥有，珍惜拥有。

任何人都拥有，但不是任何人都懂得珍惜拥有。只有觉悟到珍惜拥有，人生才无怨无悔，幸福快乐。

每一天都要争取快快乐乐

“每一天都要祝你快快乐乐……”晓涵一边哼着爸爸经常哼唱的蔡国庆的《三百六十五个祝福》，一边急匆匆地赶往公交车站。

不知什么原因，往日最多等个六七分钟车就来了，可这都等十多分钟了，车还不见踪影。“要迟到了！来新班级不到一个月，我可得给班主任留个好印象。再说迟到给班级扣分，脸上无光不说，写检讨书可是我的弱项。”晓涵想。

打车吧，两三分钟过去了，竟没遇到一辆空车。正在晓涵无计可施的时候，公交车来了！赶紧上。一看表，非晚不可了。公交车跑着，晓涵的心提着。遇到第一个路口，绿灯！下一个路口，又是绿灯！要到最后一个路口了，晓涵闭上眼睛不停地祷告着：“绿灯绿灯绿灯……”到了跟前一看却是红灯。可车还没有完全停稳，灯就换了，车又跑了。下车一看表，乘车时间竟比平时少了五分钟。晓涵撒腿就跑。刚进教学楼，铃声就响了。“My God！拜拜了，检讨书！”

绿灯为晓涵化解了小危机，带来了小确幸！情绪很好。第一节课，王主任坐在教室后面听课。赵老师讲了一会儿，提了一个问题，可半天也没人举手。这时很需要有人举手。晓涵一向不举手回答问题，即使是被老师叫起来，没有十分把握，也不愿意乱说。可今天情绪好，她只想帮助老师打破僵局，没想好就举了手。手举起的一刹那，她突然感到自己实现了一个突破："我很勇敢，也很仗义。"老师自然叫到晓涵，声音和眼神都是亲切的。晓涵把自己的理解说了，可惜，错——了。然而老师显然是有意的，在晓涵的错误答案里，努力找到一点合理的东西，表扬了晓涵。真是"欲加之誉，何患无辞"。接着赵老师针对晓涵的错误，讲了下去。晓涵听得格外明白。

上间操的时候，班长告诉晓涵："赵老师跟班主任夸你懂事，知道配合老师。你今天的发言可真是时候。"又对晓涵耳语道，"是不是拍马屁？"

小确幸又撞上心头。

好情绪直到放学也没有散尽。坐着公交车，晓涵没有照例玩手机，而是想："如果车没有晚来，一路绿灯也未必给我带来小确幸，有了坏事的比照，才能感觉到好来。主动举手，突破自我，小确幸；听得格外明白，小确幸；老师的夸奖，小确幸。绿灯是运气，举手可是我'发挥主观能动性'的结果。看来这小确幸可以天赐，也可以人为。而且，这人为的小确幸比天赐的更'幸'。要不今晚我再'人为'一把？"

晚饭后，妈妈起身要收拾饭桌，晓涵把妈妈拉到沙发上坐下，又把电视遥控器塞到妈妈手里，妈妈感到莫名其妙。晓涵说："您老人家休息，我洗碗。"说完就动手收拾碗筷。妈妈一直看着女儿，仿佛女儿比电视节目更好看……

听着妈妈由衷的夸奖，晓涵分明地感受到了小确幸。同时，晓涵知道妈妈也正感受着小确幸，那是她给的！

今天的小确幸，有"天赐"的，有"人为"也可以叫作"为人"的。而且，晓涵的心灵告诉她，这个顺序是按幸福程度由弱到强排序的。

次日一早，晓涵又哼着蔡国庆的《三百六十五个祝福》上学去了，不过歌词被她窜改两个字："每一天都要争取快快乐乐……"

提升思维
做个高超的人

“不要让孩子输在起跑线上”

“不要让孩子输在起跑线上”，作为赚钱的煽惑不是我要讨论的。我讨论的是很多家长将这句话奉为圭臬，逼着孩子快跑——到社会上各种流行的班学习。

第一，早就有人说过，人生是长跑而非短跑。稍有运动常识的人都知道，长跑是不必在开始就尽力的。

第二，孩子的人生比什么？身体、心理、品行，在人生路上，这些可能比知识技能更重要。而绝大多数的“班”是教授知识和技能，并不关注孩子的身心健康和品行修养。

第三，“不要让孩子输在起跑线上”，一个“输”字，表明的是比赛。

如果是孩子和自己比，人生没有草稿，怎么知道这样就是输，那样就是赢？知识、技能、身体、心理、品行，具体到某个孩子身上，哪一（几）样才能让他获得幸福，谁知道？

如果是和别的孩子比，“不要让孩子输在起跑线上”就是一个伪命题，因为孩子们彼此本就不在同一起跑线上，他们起跑的地方，是父母把接力棒交到他们手中的地方。有的孩子接棒的时候已经把另一个孩子落下两圈了，被落下的那个孩子可能竭尽全力到交棒的时候还没跑完一圈。你怎么让这两个孩子比？

我很早就有一个“谬论”，决定一个人一生的是投胎。不要给我举父母很差孩子却特别出色的例子来反驳我，个案什么样的都有，我说的是普遍性。你用大量的统计数字可以反驳我。请你统计一下，普通工人农民的孩子怎么样，官员和什么家什么星的孩子怎么样；美国的孩子怎么样，索马里的孩子怎么样。一投胎，一个人先天的条件和后天的环境大致就定下了，大多数人什么样的一生也就定下了。

个人这样，国家亦然。新中国诞生的时候，就被许多国家远远地落在后面，我们常常拿那些发达国家来说中国的事，与用“官二代”“富二代”和“工二代”“农二代”相提并论，没有太大区别。

“不要让孩子输在起跑线上”，要搞清自己的孩子要比什么，还要自己跑得更远些，也还有责任让祖国跑得更远些。

好孩子是怎么来的

时下流行“好孩子是夸出来的”或“好孩子是鼓励出来的”。历史上流行的却是“棍棒底下出孝子”，那时“孝子”约略等于“好孩子”。也就是说，“好孩子是打出来的。”考之于实，好孩子“夸出来的”固然有，即使今天，“打出来的”也并非没有。何止“打出来的”有，如果非要抬杠，“骂出来的好孩子”“饿出来的好孩子”“病出来的好孩子”“管出来的好孩子”“自然就出来的好孩子”……都能找到。用时下流行的个案分析法，就都能作一篇可以用作到处讲学的精彩的报告。

可是，我们如果问：“坏孩子怎么来的?”恐怕有“夸出来的”，有“哄出来的”，有“打出来的”，有“骂出来的”……

如果做点儿扎实的功夫，对一万个“好孩子”一万个“坏孩子”做一番统计，看看都是“怎么来的”，我想结果会很有趣。我没有能力统计，就不敢说“一个好孩子是怎么来的”。但我敢说“一代好孩子是怎么来的”。

我几十年天天接触孩子，我有大致不错的感觉，那就是：“一代（绝不是个别）好孩子是熏出来的”，是社会环境影响出来的。强汉才能成长起来卫青、霍去病，盛唐才能成长起来李白、杜甫。用鲁迅先生的话说，孩子如何成长，全在于大人给他们营造一个什么样的世界。如果大人给孩子营造的是一个充斥着物欲、自私、拜金、享乐、虚伪、冷漠、势力……的世界，“我爸是李刚”、药家鑫……之类自会层出不穷。

“学校是干什么的?”“老师是干什么的?”有人会问。

俗话说，小胳膊扭不过大腿。学校教育与社会影响，学校无疑是小胳膊。况且，学校、老师又有几个不受影响的。

你精心侍弄的小苗，一旦面临大的洪灾、旱灾、虫灾、寒灾、化学污染……你只能徒唤奈何，摇头甩泪了。

救救孩子!

中高考英语应该降分

我对日前北京出台的中高考英语降分的改革方案完全赞同。

我当然不反对学英语，我反对的是目前这种学法——全体学生几乎全程（学龄前到博士后）学英语。反对的是目前这样的重视程度——英语与语文、数学中高考分值相同，并列为三大主科。而事实上，绝大多数学生对英语的投入远高于语文，多数学生对英语的投入也高于数学。英语成了中学阶段实际上的第一主科。到了大学阶段，不是专业原因，语文和数学都不学了，英语仍要学。无论实际工作是否用到英语，评职称、晋级也看英语。

首先要问的一个问题是，我们为什么要学英语？毫无疑问，交流。第二个问题是，对于交流，英语是什么？我想也好回答，工具。第三个问题是，谁交流？回答应该不是全体学生（即不是将来的全体国民），也不是所有职业的从业者。

明确了这三个问题，结论就有了，谁用谁学，不用，如果就是喜欢学，也没必要拦着，随便。不用又不喜欢学的，凭什么用考试逼着他们学呢？凭什么投入（浪费）那么多教育资源呢？我想，那些有学习英语的兴趣或有学习英语的环境或实现理想需要英语的孩子，那些实际工作中需要应用英语的成人，一定要好好学习英语，而且要学好，也一定会这样；各级各类学校、社会要提供良好的英语学习条件，这就够了。把那些不可能用或不用英语的人解放出来，不好吗？

事实上，我们的那些学了十几年英语的学生，英语学到什么程度？能做到交流的占多少？虽没有准确的调查数据，我也敢说，交流不了的占多数。这些人如果工作了仍不用英语，不继续深造，这十几年的英语学习所花费的时间、精力和金钱不是浪费吗？能说作为升学考试的敲门砖也是“用”吗？英语只是交流工具，为什么要让它成为应试工具？如果选拔考试必须有个高门槛，背诵《论语》不比背诵英语好吗？

事实上，也有许多（多是被迫）学得好的人英语用作“敲门砖”之后，不过是屠龙术，实际工作根本用不着。虽说“艺不压身”，可“生也有涯”，何不学点用得着的“艺”？何况学成此“艺”投入惊人，何况是被迫。

我想，目前这样对待英语——全体学生全程学而且是主科，无论实际上用不用都要考，偏离了我们学习英语的目的——一些人需要掌握的一种交流工具。

英语中高考降分会不会造成未来英语人才匮乏影响国际交往呢？

肯定不会。恩格斯指出："社会上一旦有技术上的需要，则这种需要会比十所大学更能把科学推向前进。"同样道理，只要社会上有需要，英语甭说中高考降分，就是完全不考，该学想学的人也会照样去学。大可不必担心英语中高考降分会带来英语交流人才匮乏的后果。举个蹩脚的例子吧，制毒贩毒能牟取暴利（即需要），严厉惩罚尚不能使之绝迹。所以，只要我们的对外交往还在，对英语的需要就在；只要我们的学校开设英语课程，社会有英语培训机构，学习英语的条件就在，英语中高考降分的举措就不会对英语人才的培养带来任何影响。

其他外语即所谓小语种，诸如日语俄语法语西班牙语阿拉伯语之类，国际交流要用的，只是量小而已。按我们学习英语的逻辑，就该有小量的中小学开设这些外语课程。而事实是中小学并不开设，只在大学里有专门的院系培养这类人才，也没见人才匮乏呀。中小学那样重视英语到底为哪般？

使用英语的职业大多是高端的，因而那些有学习英语的兴趣或有学习英语的环境或实现理想需要英语的孩子，家长和学校都会好好培养他们，孩子本人也会努力的。中小学没有好好学习英语，工作需要英语的人，也有办法补救，到英语培训机构学习，或者到国外生活几年。事实上，英语考试分值高的这些年因工作需要现学英语的人一样不少。

总之，我赞成中高考英语降分。我还期待着工作不用英语的人升学或晋级不看英语；中小学英语学习实行选修，学不学学什么学多少随自己的需要和兴趣来定。

说说“书中自有……”

“书中自有黄金屋，书中自有颜如玉”，这两年作为正面论据在学生的作文里高频率出现。今天偶然浏览一下学校的橱窗，见这两句诗在宣传读书的栏目里也赫然地写着。

对许多事的看法我不能“与时俱进”，用这两句诗劝读书，也在其中。

这两句诗出自北宋第三代皇帝宋真宗赵恒的《励学篇》，原诗是：

富家不用买良田，书中自有千钟粟。
安居不用架高楼，书中自有黄金屋。
娶妻莫恨无良媒，书中自有颜如玉。
出门莫恨无人随，书中车马多如簇。

这首诗浅显易懂，稍需解释的是，诗中“富家”不是偏正关系，是动宾关系，“使家富裕”的意思；“安居”同样道理。

以前常引用的是三句，即“书中自有千钟粟，书中自有黄金屋，书中自有颜如玉”，大约是随着中国人吃饭问题的解决，“书中自有千钟粟”和打招呼的常用语“吃了吗”一样，“不经意间”被淘汰掉了。今天中国人只关心豪宅和美女了。

如同“朝为田舍郎，暮登天子堂”，赵皇帝写这首诗是给应考的人，尤其是给寒门学子打气的。因为那时的读书人都是男子，读书的目的是升官发财。

今天人们读书的目的是这样吗？于少数人也许是，于多数人不是。古代的读书人很少，真的实现“暮登天子堂”，得到“黄金屋”“颜如玉”的又是这很少部分里的一小部分。正是这种残酷竞争中完全功利的读书目的，使得众多读书人的心灵都被扭曲了，考中与否，都可能不正常了，如范进，如孔乙己。所以，即使在古代，这种读书目的也可能是害人的。今天教育已经普及，提倡的是全民阅读。“升官发财”只能是极少数人的事，如果把它作为读书目的，绝大多数“升官发财”无望的人还有必要读吗？提倡读书最应该读的，与“升官发财”关系不大的文学类书，除了吃文学饭的人，还有必要读吗？

如果以“书中自有黄金屋，书中自有颜如玉”为读书目的，许多通过刻苦攻读已然拥有了“黄金屋”“颜如玉”的人，就不需要再读了吗？“富二代”“官二代”“星二代”等“二代”们，读书与否不大影响获得“黄金屋”“颜如玉”，还有必要读吗?

再者，古代科举不准女性参与，读书人都是男子，所以才用“书中自有颜如玉”来劝勉。可今天男女平等接受教育参与考试，用“颜如玉”来劝勉女同学读书，岂不成了笑料?有人会说，把“颜如玉”做个与时俱进的解释就行了——本义指美女，今天还可引申为“高富帅”。我想这也不太妥当。

“书中自有颜如玉”还有麻烦。已婚男子也应该读书吧?如果读书竟是因为心里惦记着美人，这句话岂不是教唆男人出轨?即使书生不惦记，考上以后也会被惦记。古代科考发榜的时候，好多家有“颜如玉”的达官贵人都派人——按今天的说法该叫“婿探”——到榜下探察，不是歪瓜裂枣再年轻点的上榜者，就是他们的猎物。那些考中又被选中的读书人，许多是已婚的，他们哪里受得了“颜如玉”——跟着也有“黄金屋”的诱惑，自然成了“陈世美”。所以“糟糠之妻不下堂”本来是很自然的事，却成了美德；所以编出《铡美案》来反映这种现象，来发泄秦香莲们的怨愤。

“已恋男子”就不讨论了。

如果把读书只理解成读什么考试指南什么生意经什么操作规程之类，用“书中自有黄金屋，书中自有颜如玉”劝勉读书虽然有笑料，但大体上还说得过去。可是大家在引用这两句诗时，又分明不是专指读这类书。我上面讨论中所指的读书，就同大家在引用这两句诗时所指的一样，是一般的读书。

一般意义上的读书，博学、审美、养德等等都是目的。为了豪宅和美女这种完全功利目的的读书，冠冕点说，境界不高，而且作为读书的动力，又有限得很。

还是让“书中自有黄金屋，书中自有颜如玉”成为历史吧！

潘金莲·自由

前几天听别人聊天，偶然听到有人大谈潘金莲与西门庆是追求爱情，是值得歌颂的云云。我又犯了不能与时俱进的老毛病，怎么也认同不了这些高论。

如果按今天的逻辑看，潘金莲和西门庆，你喜欢我，我喜欢你，郎情妾意，多么美好的爱情，哪儿来的错？借用自由相爱的人反驳反对他们的人最常用的一句话——“我们互相喜欢，碍着谁了？”我要问上一句：潘金莲和西门庆互相喜欢，碍着谁没有？

我一直觉得，两个人互相喜欢，是不是“碍着谁了”是问题的关键。

按照《水浒传》的描写，潘金莲和西门庆是“勾搭成奸”，说是“追求爱情”，有点儿糟蹋“爱情”这个词。我们且不管是“勾搭成奸”还是“追求爱情”，以今天的标准看，只要没有“碍着谁了”就无可厚非。

他们“碍着谁了”吗？当然，明明白白写着的就有武大郎。

姑且承认“玉貌妖娆花解语，芳容窈窕玉生香”的潘金莲嫁给“三寸丁谷树皮”的武大郎是悲剧。但是，悲剧是武大郎制造的吗？只要不是，潘金莲为了自己的“爱情”毒死武大郎就一点儿道理也没有。如果武大郎滥施家庭暴力；或者好吃懒做，让潘金莲挨冻受饿；或者一身毛病，许多怪癖，让潘金莲无法忍受，那么我们可以勉强地说，武大郎被毒死“也还是有一点儿道理”的。可武大郎除了自己做不了主的外貌太差，别的哪一点该受指责？武大郎老老实实，忍辱负重，这是优点还是缺点？恐怕不能斩截地说，缺点！再说，以他的经历能力、身份地位，敢不这样吗？

在遇到西门庆之前，潘金莲过着的是武大郎给她提供的安稳的生活。

人命关天，武大郎不是可以任意宰杀的猪牛羊鸡鱼，他的生命也是一条人命。潘金莲以毒死武大郎来“追求爱情”，无论是老道德还是新伦理，都“一点儿道理也没有”。

说心里话，我也同情潘金莲，但我又无法无视武大郎。那些觉得“潘金莲与西门庆的爱情是值得歌颂”的人，为什么无视武大郎呢？那理由应该是：丑陋的武大郎不配美貌的潘金莲，潘金莲的感情被压抑了，她就该追求属于自己的爱情。至于武大郎，你低贱、丑陋、窝囊，所以你活该。

如果一定请求同情潘金莲的人也看看武大郎，理由是不可辩驳的：他也是人！

这些人就会给出一个“普适”的道理：自由高于一切！谁让你武大郎没能耐了，有能耐你也去勾搭西门庆的老婆呀？“自由竞争”嘛。

自由，自由，自由。这才是症结所在。

无论谁的老婆，谁都可以随便勾搭，这是“追求爱情”，这是神圣的自由！这是“普世价值”，这是高喊自由平等的公知们的处世观。可是明摆着的事实是：无论怎么自由，武大郎都不会勾搭上西门庆的老婆，甭说勾搭，面都见不到。而武大郎的老婆，只要西门庆愿意，会很轻易地勾搭上。

其实许多所谓的面向全体人的自由，其本质只是强者的自由。所谓的自由，许多时候不过是强盗逻辑、丛林法则的一块遮羞布。

这类的什么狗屁自由，武大郎需要吗？你需要吗？

《奥斯维辛没有什么新闻》读后

《奥斯维辛没有什么新闻》已经进入了我们中国中学的语文课本。

奥斯维辛是纳粹德国在第二次世界大战期间于波兰建立的最大的集中营，曾关押多国的平民、战俘、政治犯，被称为最大的“杀人工厂”。每天都有许多人被运送到这里作为实验品或是屠杀（以犹太人居多），然后被投进焚尸炉焚毁，简直惨绝人寰！文中说，有四百万人死在这里。

1945 年 1 月，苏联红军解放了奥斯维辛，当时获救的人不足七千，几乎每人都瘦弱不堪，表情呆滞，甚至精神失常。这里简直就是一座“人间地狱”，一个犹太人永远的“噩梦”。

被关押在奥斯维辛集中营里的人以犹太人居多，下文我就以犹太人称呼他们吧。

犹太人不幸，遇上了希特勒这个恶魔。遭受如此惨绝人寰的折磨！

犹太人有幸，他们没有被杀绝，他们顽强甚至辉煌地生存了下来。奥斯维辛集中营保留下来了，当年的毒气室、焚尸炉、窒息室、女囚绝育室等等罪证保留下来了，供后人时时参观。这段历史将被永远记住！

这个世界还有那么多不幸的人。

中国人不幸，遇上了一伙又一伙恶魔。遭受英法联军、八国联军、日本皇军成千上万地杀戮！日本侵华，中国人死难三千五百万。

但中国人也有幸，也没有被杀绝。圆明园的废墟，日军七三一部队的细菌实验室，南京大屠杀的纪念碑，也在。它们也在时时警示后人。

非洲的黑人不幸，他们比中国人还早地遇上了那些恶魔。他们被货物一样装到船上，条件极其恶劣，贩卖到美洲，九死一生。这些剩下的被称为黑奴的人用血汗开发了早有当地人居住却被叫作新大陆的地方。

不知道黑人有没有保存那段历史的见证，有没有死难者的数字，有没有凭吊那些死难者的地方，有没有想凭吊的人。

北美的印第安人尤其不幸，他们遇见的是不是恶魔呢？据说上千万的印第安人被灭绝了。

印第安人应该没有保存那段历史的见证，没有凭吊那些死难者的地方。即使有，恐怕来凭吊的后人也没有了吧。

我突发穿越的奇想。假如有一个当年被贩卖到美洲的九死一生的黑奴，他的同伴大半惨死在船上，他来参观奥斯维辛集中营，他会怎么想？

假如有一个美洲的印第安人经历了数次灭绝种族的屠杀而侥幸活了下来，他来参观奥斯维辛集中营，他会怎么想？

你怎么想？

奥斯维辛集中营的参观者络绎不绝。

圆明园的废墟，日军七三一部队的细菌实验室，南京大屠杀的纪念碑，可有多少参观者？即使我们中国人自己的语文课本，这些内容可都有？不敢往下想了！

什么人制造灾难？什么人遭受灾难？什么人制造灾难后继续制造灾难？什么人遭受灾难后能防止灾难重演？什么人遭受灾难后逐渐忘了灾难？忘了灾难的人将会怎样？阿Q断子绝孙没有？……

制造灾难的人今天还有！不幸地遭受灾难的人今天自然也还有！

自强吧，中国人！不去制造灾难，更不要再去承受灾难！

关于雷锋答 W 同学

3 月 5 日让学生以“学习雷锋”为话题写一篇作文，并提示他们：学习雷锋绝不仅仅是助人为乐，人生观、价值观、是非观；学习、工作、幸福、和谐，甚至审美等等，都有话可说。学生写出来的还是老一套！也有例外，W 同学在文中写道：

> 记得初中老师说过，中国是一个喜欢走形式、喜欢“造神”的国家。越是缺乏什么，越是偏要推上一个什么人，走上神坛，然后公诸于世。中国人是这样的！人就应该这样的！而在“不胜枚举”的“神”中，“雷锋”两个金光闪闪的字就不得不提，……做好事从来不留名，但是偏偏他又是妇孺皆知的“全民偶像”，这难道不是很有意思吗？也许中国还有更多“雷锋式”的人，没准做得“超过”了雷锋，没有成为“雷锋”也许是不写日记吧！做好事，还需要记账？

本来这些天太忙，“博客”冷落好久了。看完上面的话，禁不住想说说。因为这可能是好些孩子心里的话。显然他们是被“忽悠”了，才说这样的糊涂话。

走形式太可恶。“造神”要一分为二。“张悟本”一类的神为了个人发不义之财而害人，必须彻底否定。雷锋是为了社会和谐，即使真的是造出来的，也无可厚非。何况雷锋不是造出来的，那些“造出来”的神能有多少生命力？雷锋、毛主席这些被讽刺为“造出来”的“神”，如今多少年了，不是还“神”吗？什么原因？不是造的，是真的。在时间老人面前，真的假不了，假的真不了。

崇敬雷锋，学习雷锋，会让个人内心充满阳光，会让社会温暖和谐。提倡雷锋精神，有百利而无一害。雷锋的真假，我为什么要关心呢？如果因为雷锋有假，雷锋精神就要否定，那么请问，上帝、真主、佛祖……信与不信是不是要依据他们是否是历史真实？很显然，上帝、真主、佛祖……代表着一种精神，一种境界，一种价值观、世界观。雷锋也是！

“做好事从来不留名，但是偏偏他又是妇孺皆知的‘全民偶像’，这难道不是很有意思吗？”“很有意思”的是不动脑想想，做好事留名就能成为“全民偶像”吗？谁觉得能谁做几年试试看！“全民”可不是“全村”“全校”；雷锋即使留名也不可能在热播的节目广告中，更不可能雇大批“水军”。雷锋作为“全民偶像”是国家用公共媒体大力宣传的，和他留不留名有什么关系？

“也许中国还有更多‘雷锋式’的人，没准做得‘超过’了雷锋，没有成为‘雷锋’也许是不写日记吧！做好事，还需要记账?”中国还有更多“雷锋式”的人，不是“也许”，是“一定的”。做得“超过”了雷锋的人也有。没有成为“雷锋”是因为没被发现或成名在雷锋之后——比如郭明义。

雷锋日记是雷锋的遗物，是写在本上的。不像我的这些话放在博客上公开。就算雷锋想公开，也没有办法。也就是说，雷锋是先成了榜样，后公开的日记；绝不是先公开日记，后来就成了榜样。公开日记就可以成榜样，怎么可能呢？如果真的可能，今天不知道会出现多少本精彩的日记。如果真的可能，我马上就开始写。

雷锋做好事不留名，不靠日记怎么知道是他做的？请问，看过《雷锋日记》吗？里面记的是“好事账”吗？雷锋小个子大笑脸，太好认了。那个时候可没有现在这么多流动人口，要查找个人，尤其是穿着军装的，太容易了。何况雷锋的好多好事，就是在别人认识他的地方做的，在身边有熟人的时候做的。雷锋做好事，是看是否需要，不是看是否有人会发现。

雷锋无论当工人还是当兵，在单位都是先进。要说和日记有关系，那只是他通过日记进行自我教育。因为他表现好，生前就是典型，事迹就被搜集整理；他牺牲后，人们特别惋惜，再搜集整理他的事迹、日记，进行宣传，尤其是毛主席、周总理等亲笔题词，就“妇孺皆知”了。这有什么可疑的？

还有一个同学没有提及的问题，雷锋日记调子太高，看着假，像写给别人看的。今天看来，雷锋日记确实“唱高调”，但我相信，高调是发自内心的。第一，雷锋在旧社会死了六个亲人而成了孤儿，如果没有共产党新中国他哪里会有好日子。有了共产党新中国，他读书，当工人，参军。当时一个工人的工资可养活六七口人一大家子（当然没有今天生活好），而雷锋只一个人，当时算是富户了。他要不是发自内心地感谢毛主席共产党新中国，那才有病呢！第二，雷锋做的和他日记里的“高调”一样，所以周总理说他“言行一致”，他就是那样想的，就是那样做的，就“高”，怎么就有问题了？

读一读《雷锋日记》就知道了，那是他进行自我教育、自我激励的一种手段，不是为了成名、为了立言而永垂后世。如果没有相应的行为、功业，日记写得再好也不会流传的。换句话说，是“人”出名了，才去关注他的“文”。

看看《雷锋日记》到底写了什么；对别人的话深入地想想，包括上面的话。用自己的眼睛看原始材料，用自己的脑袋想问题。可不能被那些连起码的常识都不顾的歪理邪说“忽悠”。

读《寡人之于国也》

梁惠王曰：“寡人之于国也，尽心焉耳矣。河内凶，则移其民于河东，移其粟于河内；河东凶亦然。察邻国之政，无如寡人之用心者。邻国之民不加少，寡人之民不加多，何也？”

孟子对曰：“王好战，请以战喻。填然鼓之，兵刃既接，弃甲曳兵而走。或百步而后止，或五十步而后止。以五十步笑百步，则何如？”

曰：“不可，直不百步耳，是亦走也。”

曰：“王如知此，则无望民之多于邻国也。

“不违农时，谷不可胜食也；数罟不入洿池，鱼鳖不可胜食也；斧斤以时入山林，材木不可胜用也。谷与鱼鳖不可胜食，材木不可胜用，是使民养生丧死无憾也。养生丧死无憾，王道之始也。

“五亩之宅，树之以桑，五十者可以衣帛矣。鸡豚狗彘之畜，无失其时，七十者可以食肉矣。百亩之田，勿夺其时，数口之家可以无饥矣；谨庠序之教，申之以孝悌之义，颁白者不负戴于道路矣。七十者衣帛食肉，黎民不饥不寒，然而不王者，未之有也。

“狗彘食人食而不知检，涂有饿莩而不知发，人死，则曰：‘非我也，岁也。’是何异于刺人而杀之，曰‘非我也，兵也’？王无罪岁，斯天下之民至焉。”

——《孟子·梁惠王上》

《寡人之于国也》虽然仅仅四百四十来字，但仔细咂摸，能悟出好多东西。

“梁惠王曰：‘寡人之于国也，尽心焉耳矣。’”梁惠王是否真的尽心呢？孟子以“五十步笑百步”来说明他并没有真的尽心，又以“狗彘食人食而不知检，涂有饿莩而不知发，人死，则曰：‘非我也，岁也。’”证明他没有真的尽心。领导常常觉得为群众做得很多，对群众很“尽心”，可实际上差得很远。结果是工作不能进一步做好，又感觉自己很委屈。看来领导对群众是否“尽心”，还是不要自己觉得，要群众觉得——金杯银杯，不如老百姓口碑。自己与他人之间，也常常是这个道理。

梁惠王的“保民”措施是“河内凶，则移其民于河东，移其粟于河内；河东凶亦然”——头痛医头，脚痛医脚；而孟子“保民”则主张把握自然规律，发展生产，搞好教育。可见梁惠王是治标，孟子是治本。孟子的办法虽然更高一筹，但采用的并不多。而用梁惠王的办法来解决困难的领导，不仅古时，今天也常见，大约因为容易做到且立竿见影吧。愿意这样做的岂止是领导。

“察邻国之政，无如寡人之用心者”，梁惠王衡量自己工作的标准是“邻国之政”，而这“邻国之政”与“自己之政”又不过是“五十步”和“百步”的关系。领导在衡量自己工作的时候愿意向下比。觉得自己优秀的领导这样可以比出自己的优秀来；觉得自己不优秀的领导这样比可以让自己心安理得。愿意这样比的当然也不只是领导。

“以五十步笑百步，则何如?”“不可，直不百步耳，是亦走也。”孟子知道不可，梁惠王也知道不可，谁能不知道呢?且住，看看今天。骂大受贿的肯定有小受贿的，骂大贪污的肯定有小贪污的，骂大骗子的肯定有小骗子，骂大溜须的肯定有小拍马的，骂别人缺德的自己未必厚德……老家有句俗话专门用来形容这种人，“老鸹落猪身上，光看别人黑没见自己黑”。骂声不绝于耳，似乎这些都是别人的问题，自己干干净净。果真这样吗?发出骂声的是大多数，他们清清白白，整个社会会乌烟瘴气?何以边骂边做呢?知道“不可”所以骂，知道获取的利益“五十步望百步”，嫉妒羡慕恨，于是骂，知道可以获取利益所以做。

“不违农时……数罟不入洿池……斧斤以时入山林。”可持续发展观，古已有之。索取必须伴随养护，方可持续索取。

只管索取，只管眼前，杀鸡取卵，是断子绝孙的做法。孟子时代远不像现在这样环境严重恶化，生态失衡已经威胁到了人类的生存，孟子尚且主张合理开发，今天有些人为什么这么疯狂地对待环境呢？为了利益！可什么利益会比子孙生存的利益还大？

“使民养生丧死无憾”，让百姓活得有保障死得有尊严，是孟子的统治术；活得有保障死得有尊严，又何尝不是“民”愿？两千多年来，这标准并不算高的民愿很少实现，而沸腾的民怨倒是常有。草民只需要“养生丧死无憾”，这要求不比祥林嫂的要求高多少。

“养生丧死无憾，王道之始也”，“民”虽为“草民”“蚁民”，但“君者舟也，庶人者水也，水则载舟，水则覆舟”。孟子的民本思想太有价值了。谁拥有民心，谁就拥有天下；谁失掉民心，谁就在自掘坟墓。

树桑养畜种田，物质生产可保不饥不寒。“谨庠序之教，申之以孝悌之义”，伦理道德的教育可保秩序井然。物质精神两手抓，两手都要硬，亘古如此。无论物质上多么富有，只要精神上是乞丐，社会就好不了。今天的许多乱象是什么造成的不是很清楚吗？

大家“不饥不寒”，老者“衣帛食肉”，物质不丰富的情况下合理的分配原则，很好地处理了普及与提高的关系。大家不饥不寒，就可以较好地生存、生产；才可以“让一部分人先富起来”，吃肉穿纱。这“一部分人”是老人，就让人人有了希望，有了奔头。如果这“一部分人”只是某家某族某阶层，恐怕还要怨声载道，还要出大问题。

“狗彘食人食……涂有饿莩……”，自然让人联想起“朱门酒肉臭，路有冻死骨”。惊人的阶级差别。梁惠王如此，魏国逐渐走向灭亡，唐玄宗如此，迅速葬送了大唐盛世。巨大的差距常常是通过罪恶的手段实现的，差距和危机往往成正比。一部历史明白地告诉我们，之所以改朝换代，大都是因为百姓没了活路。“等死，死国可乎?”于是揭竿而起。

“王无罪岁”，反求诸己，就会“王天下”。一个人尤其是领导不推卸责任，不找客观原因，不用任何借口，只是检讨自己，反省自己，修正自己，完善自己，他一定会无往而不胜。只会甩锅的人是成不了事的。

孟子善喻。“王好战，请以战喻”，以对方所熟知的东西设喻，易懂；“是何异于刺人而杀之，曰‘非我也，兵也’”，以直接杀人与间接杀人设喻，尖锐。梁惠王重用庞涓，因“好战”使国家大伤元气，以“好战”为喻揭梁惠王的疮疤，提醒他“好战”行不通，既讽刺又打击他的自信，以便听从自己的主张。身为君王只顾自己享乐，“涂有饿莩”归罪于收成，以杀人归罪于凶器为喻，揭示了君王的根本职责，百姓死亡的根本原因，一针见血，“保民而王”的结论水到渠成。

孟子善导。梁惠王想使自己“民加多”，孟子即抓住他这一心理，因势利导。孟子先“以战喻”让梁惠王知道自己的行政“无望民之多于邻国也”；然后教给梁惠王按照自然规律生产，“使民养生丧死无憾”，说明这是“王道之始也”，即“民加多”的开始；接着教给梁惠王如何组织生产，如何搞好教育，落到“然而不王者，未之有也”，即如此必定“民加多”；最后告诉梁惠王只要不推卸责任，“斯天下之民至焉”。环环相扣，让梁惠王感到只有采用孟子的主张才能实现自己的宏愿。

经典到底是经典，只要我们肯动脑，会悟出更多的道理。

蔺相如完胜，“天也?”“人也?”

——兼谈王世贞《蔺相如完璧归赵论》

蔺相如持璧“报秦”，指瑕骗璧，廷斥秦王，完璧归赵，维护了赵国的利益；随赵王赴渑池会，即以其人之道还治其人之身，维护了赵国的尊严。蔺相如与秦王的两次交锋，险象环生却毫发无损，取得完胜，是不是侥幸呢?

无论是课文中节选的部分还是课后练习中“太史公曰”一段，都表明司马迁认为蔺相如的完胜，不是侥幸，是必然。而明代“后七子”的领袖人物王世贞则认为是侥幸。他写过一篇著名的翻案文章《蔺相如完璧归赵论》，结论是，蔺相如能够完璧归赵，是“天也”。

我的看法是，蔺相如完胜，非“天也”，乃“人也”。

把这个问题讨论清楚，至少要考虑这样四个方面：秦、赵、“国际”社会以及战争。讨论的主要依据，必须是课文原话。

秦有“并吞天下，囊括四海”之心，是六国的共同敌人。

一方面，其他五国在抗秦问题上是赵国的天然盟友；一方面，秦的兼并战争，只能采取各个击破——稳住其他国家，攻击一国——的策略。另外，六国虽为抗秦天然盟友，但相互之间也有冲突，也争斗不休。这就意味着，六国既有团结抗秦的可能，也有被秦分化的可能。

赵弱秦强，毫无疑问。蔺相如对门客说，“强秦之所以不敢加兵于赵者，徒以吾两人在也。”表明赵绝非弱到任秦宰割的地步，只要赵国用人得当，秦还是不敢轻举妄动的。

天下虽然“礼崩乐坏”，但取信于天下的重要性，诸侯们还是清楚的。国与国之间的交往，不会像黑社会流氓集团之间那样简单粗暴，即使“虎狼之国”的国君——秦王也绝不能等同于山大王，不讲任何规矩，为所欲为。

战国时代的战争，是诸侯国之间的战争，不会像两个人或两个流氓团伙那样，说打就打。秦国要打仗，动用的是几万乃至几十万人。一方面如上文所述，不能同时打几个国家，两线乃至多线作战。另一方面，当时生产力低下，准备粮草、车马、武器等等，需要相当长的时间；练兵选将也非一朝一夕的事。

有了上述认识，再进入作品，就不难分析了。

先讨论蔺相如完璧归赵

以前为缪贤出主意，以后的渑池会、将相和，都表明蔺相如有足够的智慧。持璧赴秦将会发生什么，怎样处理，风险多大，他是成竹在胸的，不是赌。因为蔺相如知道“秦贪，负其强”。“秦贪”则必然看重和氏璧，也就不会允许“臣头今与璧俱碎于柱矣”。“负其强”则必然轻视赵国，赵使蔺相如此时又是一个无名之辈，也必遭轻视。轻视就必然没有充分的准备，对蔺相如就必定疏于防范。

有的同学说，蔺相如以“璧有瑕，请指示王”，骗回和氏璧。如果秦王不“授璧”呢？

不可能。此时秦王不会有丝毫防范，蔺相如这样做看起来是献殷勤，并且，璧本无瑕，秦王如果不“授璧”，自己是找不到“瑕”的，他又一定要看看这个“瑕”。所以，秦王没有任何理由不“授璧”。秦王自己拿着璧让蔺相如指，不方便，只要不设防，就也没有必要。

有的同学说，蔺相如欲“头今与璧俱碎于柱”，秦王如果觉得“人是赵国的，璧是赵国的，你愿意撞我就愿意看热闹”。

秦王不会认为“璧是赵国的”。秦王当然清楚，秦强赵弱，赵即使知道秦“以空言求璧”，也派遣使者把璧颠颠地送来了，璧怎么会不是我秦王的？秦王没想到的是送璧的使者比较难缠，那就先敷衍过去。你说“无意偿城”，我就“召有司案图，指从此以往十五都予赵”。请注意，这既不是签订法律文书，更不是实地交接，还是“空言”。你要求对等的礼仪就按你的要求办，这虽然真的去做了，但不损失秦的实际利益。

更让秦王没想到的是，交璧的仪式上，蔺相如竟然声称“令人持璧归，间至赵矣”。此时秦王太有可能杀蔺相如了：

一者没有了璧的顾虑，二者蔺相如失信。可事实是："秦王因曰：'今杀相如，终不能得璧也，而绝秦赵之欢，不如因而厚遇之，使归赵，赵王岂以一璧之故欺秦邪！'卒廷见相如，毕礼而归之。"

秦王毕竟不是楚怀王那样昏头昏脑的君主。他清楚，自己要的是"璧"，要的是"秦赵之欢"——此时正在与楚交战，"秦赵之欢"是必须的。杀了蔺相如，两样都落空，"因而厚遇之"，"秦赵之欢"是有保证的；只要舍得十五城，要璧也没问题。当然他是不会舍弃十五城的，璧的希望渺茫，但此时更要紧的是"秦赵之欢"，以免楚赵联手。

秦王以国事为重，没有意气用事，蔺相如得以"毕礼而归之"。连我都能想到，以蔺相如之智，当然更能想得到。

总之，秦王因赵弱且赵使者无名，轻视而毫无准备；而赵使者蔺相如却大智大勇，一切皆有精心准备。孙子曰："以虞待不虞者胜。"赵有相当实力，此时秦既要璧，又要"秦赵之欢"，并非昏聩的秦王虽被动但一定是理性地来处理。

蔺相如"完璧归赵"并非"天也"。

还可以从蔺相如"言"的角度谈谈。

为骗回和氏璧而辩白的话。"臣以为布衣之交尚不相欺，况大国乎！且以一璧之故逆强秦之欢，不可。于是赵王乃斋戒五日，使臣奉璧，拜送书于庭。何者？严大国之威以修敬也。今臣至，大王见臣列观，礼节甚倨，得璧，传之美人，以戏弄臣。臣观大王无意偿赵王城邑，故臣复取璧。"

这番话有这样几层意思。第一，“不相欺”是交往的常规、原则。第二，赵国愿意与秦修好，因而以隆重的礼仪真诚地表达对秦国的尊重，“斋戒五日”“拜送书于庭”，给足了秦国面子。第三，“大王无意偿赵王城邑”违反了“不相欺”的交往原则。第四，秦国也愿意与赵修好（“强秦之欢”），但秦王却“礼节甚倨”，不尊重赵国，让赵国颜面扫地。一言以蔽之，“曲在秦”。

为拖延时间而要求秦王斋戒的话。“和氏璧，天下所共传宝也，赵王恐，不敢不献。赵王送璧时，斋戒五日，今大王亦宜斋戒五日，设九宾于廷，臣乃敢上璧。”

这番话有这样几层意思。第一，和氏璧“天下所共传宝也”，价值高。第二，赵王也喜欢和氏璧，但是“不敢不献”。第三，赵王诚心诚意，送璧时斋戒五日。

这么好的东西，我们本不愿意换。我们那样郑重地送，你们就也该那样郑重地接。这是情理。两国交往，讲究对等，赵王斋戒，秦王也应如此。这是礼仪。总之，要秦王斋戒五日，秦王是无法推托的。蔺相如就达到了拖延时间的目的。

（“秦王度之，终不可强夺”，为什么？第一，太失体统；第二，“绝秦赵之欢”。）

为和氏璧偷送回赵而辩白的话。“秦自缪公以来二十余君，未尝有坚明约束者也。臣诚恐见欺于王而负赵，故令人持璧归，间至赵矣。且秦强而赵弱，大王遣一介之使至赵，赵立奉璧来。今以秦之强而先割十五都予赵，赵岂敢留璧而得罪于大王乎？臣知欺大王之罪当诛，臣请就汤镬，惟大王与群臣孰计议之。”

这番话有这样几层意思。第一，历史证明，秦君不可信，得璧不会偿城。第二，交璧而不得城，辜负赵国，有辱使命。这两层意思是从秦赵两个角度说明璧归赵的原因。说明自己这样做实属迫不得已。第三，秦强赵弱，秦先得璧不偿城，赵无计可施；赵先得城，秦不怕得不到璧。这层意思说明璧归赵并非赵想赖账，只是想不被欺骗。第四，尽管璧归赵有不得已的原因，又有办法补救，但自己还是犯了“欺大王之罪”，自己愿意接受该有的惩罚。

蔺相如的话有理有节，是非分明。

蔺相如的话，始终表明，秦主导，赵被动。自己所为，实乃秦逼迫下的不得已之举。也就是说，尽管细节上我蔺相如有“理屈”之处，但总体上“曲在秦”。这样，秦王理不直气就不壮，只好放蔺相如一马。所以，“完璧归赵”并非“天也”。

再讨论蔺相如渑池会上的表现

如果说完璧归赵时蔺相如有充分的准备而秦王毫无准备，那么渑池会上则相反，秦有充分的准备而蔺相如没有准备，至少在细节问题上没有办法准备。但蔺相如反应迅速，毫不吃亏，继续书写其智勇传奇。

有的同学说，蔺相如“请得以颈血溅大王矣”，秦王如果不吃他这一套，令左右上来“刃”相如；或者，秦王拔出佩剑，与手无寸铁的蔺相如斗，蔺相如不是白给吗？武人荆轲持匕首刺杀秦王尚不能成功，文人蔺相如没有武器能奈秦王何？所以蔺相如又是侥幸。

从《荆轲刺秦王》中可以知道，“诸郎中持兵，皆陈殿下”。渑池会上，“左右欲刃相如”，表明“左右”手里有“刃”，“左右”就是“陈殿下”的卫士。这些手拿武器的卫士离君王要稍远一些——他们当中要是有刺客呢？君王为了安全谁都要防，包括保护他的人。卫士们要上殿，还必须等君王下令。文中“左右皆靡”，进退都应该在殿下。当刺客与王近至面对面时，这些卫士作用就不大了。除了荆轲刺秦王，还有许多例子，下文再说。

同学们说得不错，秦王拔剑与手无寸铁的文官蔺相如斗，蔺相如基本没有胜算。问题是，蔺相如虽手无寸铁，但手里可以有餐具，即使赤手空拳，真与秦王拼命，就是中剑的同时也可能打伤秦王。为了“击缶”这种让赵国找回点面子的小事，秦王愿不愿意冒被打伤的危险？又值不值得冒这个险？秦王胆怯也好，理智地判断也罢，最后的选择并无不妥。

我想这里还有一个关键问题。秦连续两年伐赵获胜后，秦国的军队按理需要一段时间修整，有必要向赵国示好来保持一段时间的和平。也就是说，秦王搞渑池会这样的外交活动是为了与赵修好，文中也明确地说“欲与王为好”。秦强赵弱，即使是修好的宴会也不妨要要赵王，在外交场合立威。但宴会总的目标是修好，为了这个目标，秦王妥协理所当然。

还有佐证。春秋战国时期，像蔺相如这样获胜的何止蔺相如一人。赵国平原君游说楚王，毛遂用蔺相如的办法迫使楚王答应救赵。齐鲁会盟于柯，鲁人曹沫曾劫持齐桓公，恢复了鲁的失地。安陵君派遣唐雎出使秦国，唐雎不辱使命，用的也是这一招。

看来渑池会上蔺相如获胜，也不是“天也”。

个别同学论述蔺相如取胜不是必然是偶然，把被缪贤推荐之类也作为论据，这是说不通的。如果这样可以的话，那么蔺相如生在赵国不是偶然吗？生在战国不是偶然吗？生在蔺家不是偶然吗？父母结婚不是偶然吗？……

最后说说王世贞的观点

“秦欲璧，赵弗予璧，两无所曲直。”理如此，情不然。强秦提出以十五城换和氏璧，这是“公平交易”，是秦国给赵国面子，赵如果“弗予璧”，是驳了秦国的面子——依实力我可以向你要，甚至抢，现在我要用高价和你换，这不是给你面子吗？所以，“弗予璧”赵君臣会觉得“理屈”——都是弱小惹的祸。

“夫秦王既按图以予城，又设九宾，斋而受璧，其势不得不予城。”这个结论如果合适，要有前提。或者赵不弱于秦，或者秦“坚明约束”，或者秦要以此取信于天下，或者“不予城”会招来“国际”上的干涉。几个前提只有“秦要以此取信于天下”有一点点可能。所以这个观点说服力不强。

王世贞又说，如果秦真的“不予城”，蔺相如再以三寸不烂之舌要回和氏璧，这可能性也极低，因为这同样需要“秦要以此取信于天下”这个前提。

就和氏璧来说，璧在谁手里，谁就有主动权。蔺相如坚持这样做，抓住了根本。王世贞相反，要理直。这要自己不弱或对手讲理才不会吃亏。可惜赵弱，秦又不讲理。所以王世贞所言乃书生之见。

就秦动武来说，只要时机成熟，无论赵国是否“挑其怒”，秦一样要打，因为秦战争的根本原因是“并吞天下”，压根儿就不是“怒”，“怒”之类只是借口罢了。此时蔺相如无论如何“挑其怒”，秦没有做好准备，武安君是不会来的。后来没有蔺相如之辈“挑其怒”，秦做好了准备，武安君不是照样来了吗？

强者想打弱者，有借口便利用借口；没借口就会制造借口，比如日本关东军炸柳条湖铁路，比如美国称伊拉克有大规模杀伤性武器。避免“挑其怒”顶多能延迟战争发生时间，绝对避免不了战争。蒋介石当年对日就一再避免“挑其怒”，直到太平洋战争爆发才正式对日宣战，避免战争了吗？

蔺相如获胜，哪里是“天也”。其实，王文中就有支持这个论点的话：“秦意未欲与赵绝耳。”蔺相如正是清楚“秦意”，才以大智大勇“完璧”，岂非“人也”？

讲究方法

做个高效的人

像毛泽东那样学习

一个人如果能像毛泽东那样学习，“做最好的自己”就绝不会是一句空话。下面我把毛泽东是怎样学习的做一个简单的梳理。

毛泽东酷爱学习。他曾说：“我一生最大的爱好是读书。”“饭可以一日不吃，觉可以一日不睡，书不可以一日不读。”他博览群书。从社会科学到自然科学，从马列著作到西方各种著作，古今中外，包括哲学、经济、政治、军事、文学、历史、地理、自然科学、技术科学以及宗教等各方面的书籍，无不涉猎。

他一生都在学习。求学阶段自不必说，即使战争年代行军、新中国成立以后考察，书必定随身携带，随时阅读。中南海毛泽东故居就像个书房，书架、办公桌、饭桌、茶几上到处都是书，床上除躺卧的位置外也全都是书，连厕所里也摆放着书。临终前一天在医生抢救的情况下，还让人给他读书。真是名副其实的“活到老，学到老”。

毛泽东更会学习。青年毛泽东在给湘生的信中谈到读书问题，认为读书之道应先博而后约，先中而后西，先普通而后专门。博学通识的基础在于积累，而积累到一定程度，就要融会贯通，从而内化为一己之学，掌握精髓，这便是约的过程。

毛泽东既博览群书，主张“汇百家之说而成一学”，“台积而高，学积而博”。又对作为重点的经典书反复读，读一辈子，融会贯通。据说《共产党宣言》他至少读了一百遍。读了若干不同版本甚至英文版本。《资治通鉴》他读了十七遍。《鲁迅全集》《红楼梦》等都是他反反复复阅读的书。

毛泽东读书，用脑用笔。在读书过程中勤于思考，并及时把所思所想画出来、记下来，“不动笔墨不读书”。他每读一本书、一篇文章，都要在重要的地方画上竖线、横线、曲线、斜线、三角、方框、问号和圈、点、钩、叉等各种符号，在书眉和空白的地方写上许多批语。有时还摘录或写读书笔记和心得体会。他读书就是和作者进行思想、情感的互动与交流。从现存的毛泽东读过的大量书籍中，随处可以看到他朱墨纷呈的斑斑笔迹。

毛泽东酷爱读书又不迷信书本，不盲从，不照搬，始终坚持独立思考。周士钊（毛泽东的老同学）在回忆毛泽东青年时期时说，毛泽东读得多，想得多，写得多，问得多。毛泽东用批判而不是教条主义的方法去读书，真正具有独立思考的精神。他不仅对待我国的古书是这样，对待马克思主义的著作也是这样。也正是凭着这种敢于质疑、勇于创新的精神，他在学习马克思主义的过程中，注重与中国革命的具体实际相结合，并集中全党的智慧，产生了光耀千秋的毛泽东思想。

毛泽东主张自学。1912 年在长沙求学期间，由于课程有限，毛泽东便退学寄居在湘乡会馆，每日到省立图书馆读书，每天早晨图书馆一开门就进去，中午只停下来买两块米糕吃，直到关门才出来。半年的时间，他认真研读了俄、美、英、法等国的历史、地理，也阅读诗歌、小说和古希腊的故事，图书馆里的译文名著几乎都读过了。

毛泽东除了读有字的书外，也读无字的书，即向社会学习，向实际学习，向群众学习。他反对本本主义，主张调查研究。他在《反对本本主义》一文中对那些畏惧困难的领导人说："迈开你的两脚，到你的工作范围的各部分各地方去走走，学个孔夫子的'每事问'，任凭什么才力小也能解决问题。"他眼睛向下，甘当小学生，一生中做了大量社会调查，以探索解决中国问题的中国道路。

毛泽东是一位伟大的军事家，但他没有上过任何军校。他是"从战争中学习战争"的。他曾说："我是一个知识分子，当一个小学教员，也没学过军事，怎么知道打仗呢？就是由于国民党搞白色恐怖，把工会、农会都打掉了，把五万共产党员杀了一大批，抓了一大批，我们才拿起枪来，上山打游击。"他在《中国革命战争的战略问题》一文中指出："从战争学习战争——这是我们的主要方法。没有进学校机会的人，仍然可以学习战争，就是从战争中学习。革命战争是民众的事，常常不是先学好了再干，而是干起来再学习，干就是学习。”毛泽东是如何学习的，绝不是一篇短文所能概括的，仅此“抛砖引玉”。研究毛泽东是如何学习的，会给你很多启迪。像毛泽东那样学习，你的潜能会得到最大限度的发掘。

扣好人生第一粒扣子

我们今天很重视幼儿园、小学阶段的教育，尤其家长。选好学校，买学区房，上各种班等等，真是“有条件上，没有条件创造条件也要上”，不惜血本，甚至不择手段。美其名曰“不要让孩子输在起跑线上”。

为了能去好学校，家长们死磕孩子的早期教育，以谋利为目的的各种班应运而生。这些班大多超前灌输、拔苗助长、扼杀兴趣、浮夸炒作，孩子们学到的东西多是知识、技能。这可能让家长一边烧钱，一边亲手把孩子推进了坑里。

因为，在漫长的人生路上，身体、心理、思维、意志、品行等等，应该比知识技能更重要。没有人会否认，孩子成长，更重要的是做人，是思维，是身心健康，其次才是掌握知识技能。大多数家长和那些为谋利的教育者，落到实处的教育多是知识、技能而非身心健康、思维品质和道德修养。这就很有可能事与愿违，是“让孩子输在起跑线上”。（现实生活中，我们的中小学生身心不健康的太多了！以至于逼得教育主管部门要通过体育进入升学考试来解决问题。）

而对于知识技能的学习，现实中更受重视的（甚至是唯一焦虑的）是学会了多少，即掌握知识和技能的量。其实，对于孩子，学会了多少真的不重要，重要的是养成良好的学习习惯。由于心智的发育和见识的增长，小时候花费两天才能学会的东西，稍大一点可能两分钟就学会了。事实上，学会了多少对后来的学习影响并不大，而习惯对后来学习的影响可就太大了。多年的学与教的实践告诉我，在中学里，那些尖子生绝大多数拥有良好的学习习惯。有了良好的学习习惯，就能充分地发挥潜能。那些悟性很好但习惯不佳的学生，往往会败给悟性一般但习惯良好的学生。不勤奋，不认真，不专注，不好问，不守时，不好阅读，不好动手，不好思考，粗心大意，拖拖拉拉，见硬就回……哪个学习不理想的学生身上不是或多或少地存在着这些不良习惯？

可以肯定地说：抓学习，培养习惯才是根本。

孩子在形成习惯之前，支配其行为的是本能；形成习惯之后，支配其行为的主要就是习惯了。习惯的优劣，极其重要。培养习惯的黄金时期，无疑是儿童阶段。那是扣第一粒扣子的时期。扣得对，扣得好，后面就一路顺利；扣错了，扣歪了，后面就一路错下去。纠正起来，事倍功半。有这样一个说法，“早期教育花一公斤之力等于后期教育花一吨之力”。道理不难理解。大凡劣习，是顺着人的原始欲望的，如懒惰、享乐等。而良好的习惯，多是克制欲望，是“跟自己过不去”。所以，不良习惯易成而难改。养成良好习惯的最佳时机，是在不良习惯还未形成之时。许多该做的事对于缺乏良好习惯的孩子来说很难，而有良好习惯的孩子做起来则自自然然，“少成若天性”。

说学习最重要的是养成良好的习惯，会有方家质疑我：学习最重要的难道不是兴趣吗？我必须承认，是兴趣。然而，孩子们的学习，无论家长、社会还是自己，都不可能回避功利。而功利和兴趣，对于大多数孩子，往往是互相拆台的——满足兴趣就要把时间用在非功利内容上，兴趣之外的科目，成绩就会受到负面影响；时间用在功利（应试）内容上，兴趣就没有时间得到满足。再者，兴趣大多指向某个具体学科。在中学，语数外三科都必考，占分都高，哪个孩子能够都有兴趣？学习，自古以来是“苦作舟”的（热闹了几年的“乐学”谎言已经被无数事实揭穿了），是需要“苦撑”下去的。如果培养出了良好的学习习惯，对“苦”就没有多少感受了，“习惯成自然”，“吃苦”的过程变成了自自然然的过程，加之成就感、外部的肯定，甚至会有享受的时候。

培养孩子（早期教育）不仅学了多少知识技能不重要，相对于思维，知识技能本身也不重要。一个人最后能走多远，具有决定性的因素是内在的思维方式、思维能力、思维品质。如果从小着重培养孩子多元的思维能力和独立思考的品质，用游戏之类有趣的方式进行思维和表达训练，培养孩子的逻辑能力、思辨能力，提升孩子的思考尤其独立思考能力，提高表达能力，对于孩子的发展比掌握知识技能重要得多了。王明、博古等从莫斯科回来的人马克思列宁主义的理论知识比毛泽东多，而毛泽东的独立思考能力则远高于王明、博古等人。历史证明，领导中国革命走向胜利，王明、博古不行，只有毛泽东行。

孩子的意志品质、道德品质，可以说比思维品质还重要。道德品质决定的是人生方向，是保证在人生途中不在道德和法律上跌跟头，是保证人生会拥有一个健康的心理。意志品质决定的是一个人克服困难的决心和能力，是保证在实现人生目标的过程中不会轻易打退堂鼓。思维品质则是实现人生目标的基本能力。

相较于学习，身心健康应该是更重要的问题。要让孩子身体健康是尽人皆知的常识，但又很容易被错误对待。小孩子正是生长发育的关键时期，家长们尽全力让他们吃得精、穿得贵，住则软床，行则乘车，怎么舒适怎么来，正如俗语所说，“捧在手心怕摔了，含在嘴里怕化了”。这种溺爱式养育，孩子的身体难免像林黛玉一样。吃穿住行不妨糙一点，更重要的是运动，足够的运动才能让孩子健壮。

孩子的心理出现问题不像身体出现问题那样容易察觉。心理问题也不像身体问题那样容易治疗、康复。如果心理健康，哪怕身体有问题，也会活得很好，所谓身残志坚之类；如果心理有问题，即使身体健康，也很难活得好，甚至很难活下去。所以，心理健康比身体健康还重要，家长们要特别关注孩子心理，防患于未然。

如何培养孩子的健康心理，是个专业性很强的问题，我不懂。依我的常识看：

首先要给孩子一个和谐向上的家庭环境。贫富不是大问题。电视剧《小舍得》中，米桃家最穷，米桃的心理最健康。其原因是米桃的父母勤劳善良，互相关心，劳累却不抱怨，贫穷但不消极，一家人充满希望地生活着。如今原生家庭重要已成为共识。

第二要培养孩子良好的道德品质。道德最核心的观念是利他。关心别人，就会较少地关注自己的得失，进而较少地影响自己的心理。如果自私，就会过多地关注自己的得失，进而更多地影响自己的心理。你很难想象雷锋那样的人会焦虑、恐惧、失意、迷茫、抑郁……

第三要让孩子运动，尤其是和小伙伴们一起运动。运动除了强身健体，还能培养孩子不怕困难的勇敢精神、克服困难的坚强意志，这些都是良好心理的基础。另外，心理问题往往是长期郁积形成的，运动或者叫“疯玩”，可以让孩子的心理完全放松，释放压力和郁积。

运动而外，适当的体力劳动也有利于身心健康。

第四要让孩子结交积极向上的伙伴。近朱者赤，近墨者黑。有样学样，小孩子更容易受伙伴的影响。伙伴可以是其他孩子，也可以是书，是动画片。孩子的玩伴儿、朋友，家长是要关注的；孩子看的视频、阅读的书，家长是要选择的。

孩子的早期教育，知识技能、思维、意志、道德、身心等等，无论哪一方面，效果最好的做法，一言以蔽之，培养习惯。

宏观一点儿说，培养孩子涉及四个基本问题：做不做，做什么，怎么做，做到什么程度。如果孩子不（愿意）做，“做什么”“怎么做”和“做到什么程度”就无从谈起。而习惯，解决的正是孩子“做不做”的问题，是更根本的问题。

孩子健康成长，努力学习，依赖于良好习惯。教育最重要的是培养孩子的良好习惯，而且要在不良习惯形成之前培养，形象地说就是，扣好人生第一粒扣子。

所以，我想，做父母之前，要好好学学怎么教育孩子。最好的待遇，应该给幼儿园、小学老师；最好的老师，应该到幼儿园、小学去；教育投入，应该更向幼儿园、小学倾斜。无论家长还是学校，培养孩子的第一要务，当是立规成习，扣好第一粒扣子。

阅读点亮人生

“光阴给我们经验，读书给我们知识。”“书，是哺育心灵的母乳，启迪智慧的钥匙。”“生活里没有书籍，就好像没有阳光；智慧里没有书籍，就好像鸟儿没有翅膀。”……

阅读之于人生，“前人之述备矣”。读书，可以丰富知识，可以哺育心灵，可以启迪智慧，可以充实生命。一言以蔽之，读书，可以点亮人生。

我的人生起点很低，用今天的话说，“输在起跑线上”了。我出生在一个偏僻的小山村，一个供不起孩子上学的家庭。小的时候特别爱听母亲“讲古”（讲故事），可母亲的那点儿“古”都是道听途说的，除了短小的民间故事是较完整的，其余都是支离破碎的。我常常刨根问底，母亲说她就听过这些，要想都知道就得自己看“大书”（是相对于连环画说的，就是长篇小说）。我由此开始千方百计地找“大书”看，迷恋上了阅读。记得小学四年级时费了好大的劲借到一本无头无尾的《三国演义》，竖版繁体。我如获至宝。开始读的时候，每页都有许多不认识的字，就挨个查字典。就这样在油灯下整宿地看，一周时间竟然啃完了。因为这一周，我的繁体字辨识能力到大学中文系里还是强的。有了这样的阅读，我的成绩，尤其语文成绩一直很好。因此，我成了家里唯一的没有辍学的孩子，趺趺撞撞地读了下去。许多同学智力不比我差，家庭条件远比我好，但没有像我这样酷爱阅读的，最后反倒是我这个又愚钝又穷困的孩子读到大学毕业。

大学四年，我虽然渴望但完全没有花前月下的美事，时间精力都用在了读书上。当初报考中文系，是想多多地“看大书”。读了中文系，“看大书”的兴趣却锐减，文史哲以及科普之类，什么都想看。《史记》中“本纪”“世家”“列传”都啃了一遍。特别迷恋先秦诸子，《老子》《论语》《孙子兵法》《孟子》《庄子》等都亲手抄过一遍。工作以后，我仍然把可以自由支配的时间都用来读书。

博杂的知识做中学语文教师正好用得上。我从开始教书，学生对我就有一个“知识渊博”——当然这“渊博”不过是没见过湖海的学生对一潭水的感觉——的评价。读得多也就容易写得好，我经常写些“下水文”或其他文章，学生也给予了好评。有了学生的好评自然不愁得到领导的好评。好评会让人更加努力。我且读且教且写，工作了十三年，就评上了特级教师。不久又来到北京。

小的时候预计将来就是放牛，就是种地。到了“将来”却成了一名特级教师，教书育人。说阅读改变了我的命运，点亮了我的人生，真不是夸张。

学生对我往往还有一个“有思想”的评价。因为我常说一些和他们经常听到的不一样的话。我不敢说自己有独立思考能力，但肯定有独立思考的意识和习惯。这主要来源于阅读鲁迅先生的作品。

挚友霍云福考上大学后，因分高得了奖金，他就把这“外财”拿出一部分“救济”我，我没舍得吃进肚里，就买了一套心仪已久的《鲁迅全集》。这套书除日记索引年表外，我大都看了不止一遍。阅读鲁迅，让我形成了批判性思维习惯，绝不轻信，绝不盲从。

思维，尤其是独立思考，意义重大。思维是人的重要特征，而思考的灵魂在于它的独立性，否则只是人云亦云，跟风盲从。可以说，没有独立思考，社会不能进步，科学不能发展。

对我的思维、思想影响特别大的除了鲁迅的作品，还有毛泽东的作品。我爱读毛主席诗词，也爱读“老三篇”《中国社会各阶级的分析》《在延安文艺座谈会上的讲话》《论持久战》等“毛选”中的名篇，毛泽东其人的胸怀、气度，其文的高屋建瓴，深入浅出，举重若轻，我深深折服，深受影响。毛主席的著作也让我学会了议论文的写作。

对我思想产生重大影响的还有四大古典名著、金庸和一些红色经典。在读鲁迅之前，我最爱读的是《水浒传》，最喜欢“胆大妄为”行侠仗义无私无畏的鲁智深。我也是一个金庸迷，郭靖、萧峰那样的大丈夫行为，常让我热血沸腾。而在高中以前读的书，诸如《烈火金刚》《铁道游击队》《吕梁英雄传》《林海雪原》《红岩》《万山红遍》《昨天的战争》等等。让我崇拜英雄，也扎下爱党爱国的思想。

中学的时候，什么书都想读，只要能借到。记得有一次借了一本《唐诗三百首》，看不懂多少也能坚持看下去。甚至一边干活儿一边背诵，而背诵影响干活儿是要招骂的，这也顾不得了。我对古典诗词的热爱，就是从这本《唐诗三百首》开始的。古典诗词形成了我的审美趣味，喜欢古雅，喜欢在文章中使用整句。我还有一个习惯，每次长时间乘车，打发无聊的办法就是构思古体诗。虽然写出来的还只是打油诗水平，但旅途无聊尽消，也不觉得时间漫长了。

阅读，让我这个资质较差本该务农的穷孩子成了山沟里飞出去的金凤凰，过上了物质生活和精神生活都很美好的日子，生命是充实的，人生是亮堂的。

前两天又听说有明星吸毒。这样的明星物质生活肯定很好，而精神生活肯定有问题。其实解决这类精神问题并不难，阅读就行。雨果说："各种蠢事，在每天阅读好书的影响下，仿佛烤在火上一样，渐渐融化。"如果吸毒的原因是为了寻找刺激，那是生活大部分停留在物质层面，缺乏精神寄托。通过阅读，可以找到精神寄托。如果原因是创作压力太大，通过阅读，创造能力可以提高，精神境界可以提高，创作的压力自然减小，面对压力的心态自然变好。陈道明是公认的德艺双馨的明星，他出身书香门第，父亲是大学教授。他饱读诗书，季羡林称赞他可以胜任北大的研究生导师。他和钱钟书是忘年交。吸毒、涉黄这样的事就不太可能发生在这样的人身上。

缺乏阅读，有钱有名也未必生活得很好。如果温饱还没有解决，生活的质量应该主要决定于物质。在如今温饱已经没有问题的情况下，生活的质量显然决定于精神生活，而精神生活往往决定于阅读。

阅读塑造心灵，也改变外表。苏东坡说，“腹有诗书气自华”，看看那些满腹经纶的老知识分子的气质，这句话绝非虚言。“四十岁之前不美丽是上帝的错，四十岁之后仍不美丽就是自己的错。”阅读，就是为自己四十岁之后的美丽负责。

张爱玲说：“出名要趁早。”出名能有几人？具有普遍意义的说法应该是：“阅读要趁早。”徐文长曾说，“好（hǎo）读书不好（hào）读书，好（hào）读书不好（hǎo）读书”，后半句一点不假。虽然我现在读书的条件比小的时候好上万倍，但阅读效率、记忆效果乃至阅读欲望远都不及从前，并且，真正影响我人生的都是大学毕业之前的阅读。所以，如果能够“好（hǎo）读书时好（hào）读书”，一定是人生之大幸。

读书先要选书，一方面书有好有坏，一方面好书也汗牛充栋。选不好，或受负面影响，或事倍功半。我的意见，选书要注意“三有”：一有名望——名著是民族文化的载体，含金量高，营养丰富；二有兴趣——兴趣是最好的老师，兴趣可以保证自己读下去、读进去；三有难度——难度更有利于提升水平。

在名著里面，那些具有文化源头、文化母体地位的书（比如先秦诸子的作品），我以为是必读的，无论有没有兴趣，有多大难度。

一定要选原著来读，为了便于理解，可以搭配一些后人研究讲解类的书。

我以为，小时候是一个人思想文化“打底”的阶段，所以尽量多看中国的古今经典作品，形成“中国心”。

阅读吧，以此点亮自己的人生！

说时机两则

其　一

时机，是在某一时间才有的有利条件。能否把握住时机，关乎人生成败。

这里只说大处。

“少壮不努力，老大徒伤悲。”“少壮”是努力的最佳时机，把握好了，人生成功；把握不好，人生平庸甚至失败。“少壮”时期，有时间；有精力；有激情；有家人照顾生活，教育成长；有学校老师管理指导学习，培养才干；又是“打底”的时期，有很强的可塑性……身内身外，学习的条件应有尽有，真是努力的最佳时机。过了“少壮”时期，工作占去大多数时间、精力；激情锐减甚至荡然无存；上有老下有小，疲于生活；上学之类的学习机会已经没有或少有；“底”已打好了，可塑性不强了……这个时候再努力，显然错过了好时机，难啊！恐怕只能“徒伤悲”了。

而事实却是，大多数人该努力的时候不好好努力，想好好努力的时候已经晚了。是“少壮不努力，老大徒伤悲”的道理难懂吗？非也！是人的本性和环境使然。好逸恶劳是人的本性，努力是“劳”，是要付出巨大艰辛的，人们自然避“劳”趋“逸”。人的生活环境又充满诱惑，吃穿住行、声色犬马。尤其今天我们的生活环境，诱惑太强了——游戏、影视、网络、运动（亲身玩、看各种比赛）、通讯、异性（交往解放）……凡此种种，大都是奔你兜里的钱去的，少有引导，多有迎合——你觉得怎么舒服、怎么刺激它怎么来，为的是你乖乖地掏兜。这些诱惑，怎么得了！

如果身内没有坚强的意志，身外没有高悬的鞭子，好劳恶逸、拒绝诱惑而努力不辍的能有几人？何况缺少磨炼、意志不坚的“少壮”之人。悬梁刺股、囊萤映雪的故事之所以千古流传，正是因为苏秦孙敬孙康车胤身上的坚强意志。古人认为棍棒底下成人，私塾教育讲究打板子，正是用外力保证孩子避逸拒诱，当然有它合理的一面，有许多成功的案例。

没有人自甘平庸，然而终于平庸，原因可能就是错失学习的良机；想不平庸，那就牢牢地抓住“少壮”这个成长的大好时机，磨炼坚强的意志，接受严格的管理，“艰难困苦，玉汝于成”。“天将降大任于斯人也，必先劳其筋骨……”

认识不是问题，关键是行动。我们这些正处在“少壮”时期的学生，可要把握住人生这一至关重要的时机，好好珍惜，努力再努力，做！做！做！

其　二

纵观项羽的一生，套用一句成语，可以说是“成也时机，败也时机”。

项羽小的时候曾学习识字、剑术，都是没有学成就不学了，要学“万人敌”，于是项梁就教他兵法，可是刚刚懂得了一点大意，又不肯学到底了。

如果项羽小的时候能够抓住学习的时机，坚持下去而非半途而废，既有很高的文化修养，又精通兵法，恐怕后来目光会更远一些，认识会更深一些。

陈涉首难，群雄蜂起，项羽随叔父项梁起义。

项梁战败阵亡后，秦将章邯渡黄河攻赵，大败赵军。围赵君臣于钜鹿。楚怀王命宋义为上将军、项羽为次将军去援救赵国。部队进抵安阳，宋义想让秦赵两败俱伤后，再“利用秦军的疲惫”，于是停止前进，等待时机。同时，宋义又派儿子去齐国作相，大会宾客。当时天寒，士卒们又冷又饿，满腹怨气。项羽迅速抓住这一有利时机，先向将士们阐明：秦攻占赵国后会更加强大，没有“疲惫”可乘；上将军不体恤士卒，谋取私利。然后到军帐中斩了宋义，夺了兵权。此举威震楚国，名闻诸侯。项羽抓住了有利时机，成功地夺得了兵权，传播了威名。

项羽不失时机，挟威率领全军渡过漳河，破釜沉舟，烧毁军营，只带三天的干粮，以此表明一定要决死战斗，毫无退还之心。最后大败秦军，以少胜多。当时诸侯将领对项羽不敢仰视。自此，项羽奠定了霸王的地位。

在我们为项羽成功地把握时机，获得重大胜利而击节叫好时，另一幕出现了。

项羽降服了秦将，坑杀了秦卒，挥师入关。来到鸿门，得报“沛公欲王关中”，大怒，要“击破沛公军”，谋士范增亦力主灭刘。不料项伯为救恩人张良，走漏了消息。刘邦为避免灭顶之灾，亲到鸿门谢罪，表明自己“籍吏民、封府库”是“以待大王来”。“鸿门宴”上，项羽无视范增的屡屡暗示，也不制止项伯对刘邦的保护，该出手时不出手，错过了杀掉刘邦的绝佳时机，留下强敌，后患无穷。

关中乃四塞之地，土地肥沃。项羽一来，屠城，杀降，烧宫室，劫掠财宝、妇女。又失去了一次建都关中成就霸业的大好时机，被讥为沐猴而冠。

项羽连失良机，刘邦则逐渐壮大。楚汉连年战争，最后项羽被围垓下，穷途末路。

乌江边，亭长劝项羽渡江逃命，以待卷土重来。项羽称“无颜见江东父老”，放弃了这个机会，豪壮地自刎而死。这一死，不失时机地告诉人们，项羽还是项羽，死也死得英雄。

遥想项羽，不胜感慨。把握时机，成就功业，成就美名；错失良机，一败涂地。

我们该怎样利用时间

我们该怎样利用时间搞好学习呢？从大的方面说，一是延长学习时间；二是提高学习效率。

如何延长学习时间呢？

第一，利用时间的“边角余料”。其实，一天中有许多零散时间可以利用。一早醒来，大都愿意在被窝里赖一会儿，只要上学不迟到，身体不妨赖一会儿，大脑别懒，可以记一个成语、单词、方程式……晚上钻进被窝，进入梦乡之前也这样做。晨检时及前后，大都有自己可以支配的几分钟，可以读、写、背。课前等老师上课的时间，放学前等着铃响的时间……都可以读、写、背。这些时间的“边角余料”，在一天里看似乎不多，如果是一年、三年、六年……可不是个小数目，而大多数同学白白浪费了。

第二，动作快，最大限度缩短非学习时间。起床、洗漱、上床、收拾书包、打开书本、上学、放学……速度快点，保证安全的前提下，再快点儿，这会节省很多时间！磨磨蹭蹭慢慢腾腾拖拖拉拉磨磨唧唧，玩没玩着学没学着，白白浪费许多时间！有许多学生，上课都几分钟了，书和本还没拿出来呢；自习课，别人已经动笔写了，他还没确定干什么呢……

第三，“一心二用”，与学习能够不互相干扰的事同时做。一面洗漱一面听语文或英语的录音，一面乘公交上学一面构思作文（别过站了），一面排队一面思考或背诵……

第四，少或不与爱玩儿的、拖拖拉拉松松垮垮的同学交往，多与那些爱学习、麻麻利利痛痛快快的同学在一起。远“墨”近“朱”。

第五，不同的阅读内容采用不同的阅读方式。新闻类和休闲类的读物，不要精读，只浏览；非名著但流行的东西浏览或问问读过的同学，了解大概即可……

第六，把学习作为游戏的内容。玩儿自然不能完全取消，如果把玩儿的内容变成学习的内容，时间就又增加了。央视前些年的《开心辞典》《三星智力快车》，近些年的《中国诗词大会》《中国成语大会》等节目就是游戏性质的。有人已经发明了用英语单词做扑克牌，常见的还有故事接龙、成语接龙、对对联……

如果你一天有许多闲想、闲玩、闲待的时间，你的节假日学习利用率很低，该如何增加学习时间就不用我多说了。如果你晚睡早起，采用少睡觉的办法，我以为不可，保证足够的睡眠，身体才会健康，学习才会有效率。增时却减效，得不偿失。

如何提高学习效率呢?

第一，选择恰当的学习方法。课前充分预习，课上就等于复习和答疑，就可以合理分配注意力。课上主动发言，就可以使大脑更兴奋，思维更活跃，治疗困倦、溜号。课后及时整理笔记，做好复习、梳理。大脑的工作是分区域的，一处兴奋就抑制另一处，被抑制的部分即得到了很好的休息。根据大脑的工作原理，文理科交替学习……这些是基本的。还有许多个性化的招数，“降龙十八掌”“北冥神功”“六脉神剑”……

第二，创设紧张的学习情境、安静的学习环境。考试的时候半小时可以写完一篇作文，平时做不到；发言的时候思维比陪坐时活跃多了；竞赛，大家比着来学习就会情绪高涨，注意力集中……安静的学习环境没有外在干扰，容易专心致志。

第三，制定时间表。做事增加计划性，减少盲目性，就会提高效率，学习自然也是这样。给自己的学习定时定量，这个“时”“量”要适合自己的实际情况。更关键的是，计划要严格执行，打折扣甚至停留在书面上，一点用也没有。必须今日事今日毕。

第四，养成良好的学习习惯。习惯的力量是巨大的，赶紧克服拖拉、马虎、随意等等不良学习习惯，养成快速、严谨、计划性强等良好的学习习惯，效率会提高很多。

第五，保持良好的心态、情绪。积极的态度，平静的心情，适度的焦虑，可以使人的思维更活跃，学习效率更高。

第六，会休息。首先是睡好。然后是静心，让大脑一片空明，让身心极度放松。再有就是运动，让大脑的运动中枢兴奋，思维记忆的部分就得到了很好的休息。

另外，该将来解决的事今天不花时间。比如恋爱，上大学了可以，工作了可以，退休了还有黄昏恋，现在急什么？

诗曰：

劝君莫惜金缕衣，劝君惜取少年时。
花开堪折直须折，莫待无花空折枝。

又曰：

少壮不努力，老大徒伤悲。

主动发言好处多

从小学到高中的课堂上，发言往往是由争先恐后的热烈场面逐渐转变为偶尔举手的冷清场面。这主要是因为同学们越来越“长大”了，越来越顾及“面子”了。说得好听点儿，成熟了；难听点，虚伪了。显然，各个学段，主动发言都是有百利而无一害。下面是主动发言的十大好处。

第一，治疗困倦、溜号。上课困倦或溜号，是同学们的常见病。困倦的病因是思维不活跃，溜号的病因是思维指向偏。让思维活跃起来，让思维指向正在学习的内容，困倦或溜号自然就会减弱或消失。主动发言无疑可实现活跃思维和规范思维指向的目的，也就可以治疗困倦和溜号。

第二，使大脑更兴奋，思维更活跃。此条与上一条有重复之处，但角度不同。课堂上不困倦不溜号也不发言的情况也很常见，这时的大脑是兴奋的，倘若主动发言，当然会更兴奋，思维更活跃，学习效果也就更好。

第三，训练清晰的思路。发言是说给别人听的，必须清楚明白。说清楚必须先想清楚，为了说清楚的“想”，思路（想）一定要整理得清晰有序，否则是说不明白的。所以，主动发言会训练清晰的思路。

第四，锻炼口语表达能力。这是秃子头上的虱子——明摆着的。这一条与上一条是表里关系，谈的角度不同。不仅如此，说需要想清楚而外，还有诸如词语、句式、语气、语调的选择等，发言自然是一种锻炼。

第五，回答正误，都有好处。回答正确，会产生快乐情绪，而且是永不内疚的快乐。（玩儿游戏机之类获得的快乐，事后面对没学好的课程，稍有上进心的同学就会自责的。）并从而产生成就感，增强自信心。回答错误，会及时地得到直接的、针对性强的纠正。当然，自己不发言，错误也可能得到纠正，但纠正时是否针对自己，印象的深浅是大不相同的。

第六，促进复习、预习。课上要发言，不仅课上要全身心投入，课前也要认真准备，免得课上“掉链子”，丢面子。

第七，上课无受罪感。主动发言，积极参与师生双边活动，不“陪坐”，就不怕犯困，不怕走神，不怕挨批评，不怕内疚，不怕时间过得慢。一言以蔽之，不受罪。

第八，锻炼胆量。这又是秃子头上的虱子——明摆着的，理由无须赘述。只想强调一句，胆量对于一个人来说，太重要了。

第九，培养主动精神，养成主动型人格。这条和上一条一样，也无须赘述。只想提醒一句，主动型的人，只要有才能，就不会被埋没；被动型的人则非遇到伯乐无法展才。

第十，融洽师生关系，培养协作精神。主动发言就是积极配合老师教学。这样，一能融洽师生关系，二能培养协作精神。爱发言的学生总是老师偏爱的学生，老师偏爱的学生常常就是成绩偏高的学生。协作是未来社会特别需要的，又是独生子女容易缺乏的。

主动发言，其“好”无穷，如若不信，盍试为之?

动 笔 歌

动笔促动脑，表达也提高。

瞌睡能赶跑，无聊自然消。

严谨习惯好，落实更重要。

果真写不出，可以用心抄。

看似费功夫，实则最有效。

许多成绩不理想的学生的一个通病是不愿动笔。而动笔，正是一个良好的学习习惯。原因就如上面的“动笔歌”所说。

“动笔促动脑”：写，哪怕是抄写，也要注意力集中才行，大脑必须积极参与；听和看，大脑的参与可强可弱，弱则很容易溜号。

“表达也提高”：写，是书面语表达。书面语表达能力，只有通过实践，也就是写，才能提高。

“瞌睡能赶跑”：一些学生无论课上课下，一学习就犯困。无论是休息不好，还是对学习缺少兴趣，如果一学习就动笔，就能保证大脑活跃，不犯困。

“无聊自然消”：那些对学习缺少兴趣的学生，如果休息得好，课上只是听和看，很容易溜号，无聊，盼下课。如果动笔，大脑活跃，积极参与到学习活动中，就没有无聊了。

“严谨习惯好”：写，落实到书面语上，就不能像想和说那样模糊或随意了，必须准确，明确，有条理，也就是严谨。坚持写，就能养成严谨的习惯。

“落实更重要”：写，主要是落实想的东西；人往往想得很多，做得很少，就是因为缺落实，如果养成写的习惯，有助于养成落实的习惯。即使是记录听和看的东西，也十分重要。它可以加深印象，可以留下确切信息以备复习。

“果真写不出，可以用心抄”：有时真的想不出来，也就写不出来，这时去抄别人写出的东西，就等于别人给你解答问题，当然很有益处，但必须用心，和自己的思考衔接。

“看似费功夫，实则最有效”：写比看和说耗时费力，似乎不够经济，但写必须“眼到”“手到”“心到”，印象加深且落到实处，比起单纯的或听或说或读或想效果好多了。

练字要趁早

“春蚓动，秋蛇出，龙乱飞，凤狂舞。写肆意，阅痛苦。”这是一次阅卷后发在朋友圈上的感慨。

许多同学写的字，如果不练，只说中高考，就非丢分不可。不仅仅作文之类考查书写的题会丢分，所有写字题都可能因此丢分。不仅仅语文外语会丢分，所有考试科目写字题都可能因此丢分。这绝不是危言耸听！练字的重要性，并不亚于做题。

都知道老师阅卷会给印象分。给印象分和评价一个人一样，熟悉的看品行才华，陌生的看长相穿戴。如果老师阅的是自己学生的卷，印象分主要来自学生平时的表现。如果老师阅的不知道是哪个学生的卷，印象分主要来自卷面、字迹。如同面对一个漂亮俊俏的人和面对一个丑陋寒碜的人，面对一个干干净净的人和面对一个邋邋遢遢的人，印象不同，评价必然不同。整洁的卷面、漂亮的字迹一定愿意多给分，混乱的卷面、寒碜的字迹一定不愿意多给分。而我们的考试，从期中期末到中考高考，阅卷老师都不知道阅的是哪个学生的卷，给的印象分当然主要来自卷面、字迹。

自古以来，颜值就很重要。古代选用官吏讲究“身言书判”，“身”即容貌。今天许多人为了颜值，跑健身房，奔美容院，买化妆品，甚至去韩国挨刀。从某种意义上说，字也是一个人的颜面，也是颜值越高越好。“身言书判”中的“书”说的就是书写。“楷法遒美”才算合格。字的“颜值”，能够体现出一个人的性格特征，折射出一个人的人生态度，透露出一个人的审美情趣。而练字，可以培养积极的人生态度，可以提升审美能力，可以增强自信，还可以怡情养性——书法家大都长寿。

以试卷为例，需要练字的通常有如下几种情况。

一、字不工整；卷面乱，涂抹多，乱画线。看着不美观，感觉不舒服。

二、字间距太小，看起来是一行笔画而非一个个字；行距太小，看起来是一片笔画。这样写不仅不美观，还容易造成辨认困难。

三、字太大或太小。字太大则字间距与行距必然小，如上一条所述，看起来是一片笔画而非一个个字。字太小笔画间距离一定小，写得稍微草一点，就看不清楚，难以辨认了。

四、笔画不清晰，似横非横似竖非竖，或“轻描淡写”，下笔太轻笔迹太淡；写得潦草，偷漏笔画或笔画变形。这样写大都辨认困难。

五、字写得太丑。要么歪歪斜斜，重心不稳；要么笔画间距离该大却小、该小却大，结构不当，看着别扭。

字要练到什么程度呢?

从书写而非书法的角度看，由低到高可有三个档次。

一、笔画清楚，容易辨认。我们所书写的文字不是书法作品，是用于书面交流的。所以最起码的要求是辨认毫无障碍，不必联系上下文，无须揣摩，一眼就能认出来才行。

二、字迹工整，卷面整洁。有个说法叫“字如其人”，字写得横平竖直，工工整整，卷面干净整洁，彰显的是书写者的认真和从容，是对读者的尊重。

三、书写漂亮，赏心悦目。我们所书写的文字虽然不是书法作品，如果能够接近或达到楷体或行楷书法的程度，那就十分美妙了。注意，草书和行草也可以写得漂亮，但若非练习书法，不能这样写，因为这样写容易造成辨认困难。

从阅卷角度说，能够做到“笔画清楚，容易辨认”就不会因书写丢分；如果“字迹工整，卷面整洁”或“书写漂亮，赏心悦目”，不仅不会丢分，还会因书写得分。当然越工整越漂亮得分越多。

字要怎么练呢?

一、用师。做事经内行人指教就会事半功倍，否则事倍功半甚至“功无”。练字要找懂硬笔书法的老师，他知道你的问题在哪儿，按他的指导去做才会进步快。“用师”的另一个意思是要模仿某一个你喜欢的硬笔书法，反复摹写临写。模仿成型之前不要换。成型之后才可以模仿其他作品，以便“博采众长”。

二、用心。做任何事都是“师父领进门，修行在个人”。“修行”的功夫在用心，时时琢磨、感悟、实践。“小和尚念经，有口无心”地做，效率太低。用心，认真，才能练好。

我遇到过一些勤奋练字却进步不大最终放弃的学生，原因大多是不经师，也不用心——第十天写的字还是重复第一天的样子。

经过硬笔书法老师的指导，又用心琢磨，也不能马上把字练好。练好还须坚持。

三、用时。练字不是个一蹴而就的事，需要反反复复地写，基础越差，反复的次数就得越多。必须耐住性子，下够功夫。尤其初期，看不到进步，容易急躁，容易放弃。必须戒除焦躁，咬牙坚持。待到看出进步，成就感就会转换为动力，就会越练越爱练，越写越漂亮。

张爱玲说，“出名要趁早。”其实“出名”倒不用着急，早出名可能被“捧杀”，可能后来“泯然众人矣”。但练字，一定要趁早。

学龄前的孩子刚拿起笔，家长和老师就该高度重视，让孩子把字写好。我甚至以为，在孩子初学写字的时候，把字“写好”要比“写对”重要得多。写得不对改起来易如反掌，写得不好改起来难于登天。随着年龄的增加，“写对”越来越容易；“写好”却不是这样，如果不下大力气训练，一辈子写不出一手好字。

写字的底子没打好，改起来需要花费大力气。短时间突破不了，所以一定要尽早开始练。等到了考前，发现自己因字难看丢分太多，想改，已经来不及了。

练字要趁早！最好在初学写字时开始！如果以前一再错过，看到我这篇文章之后就不能再错过了！

抓“关键小事”很关键

所谓“关键小事”，“小”在切口，“关键”在意义。

越宏伟的蓝图，越响亮的口号，越不容易落实。再宏伟的蓝图，再响亮的口号，如果没有落实也毫无用处：落实是关键。而落实的一个重要的方法是抓好“关键小事”，实实在在地去落实。

今年是建党一百周年，我们不妨回顾一下党史的有关故事，弄明白抓好“关键小事”的道理。

先看看“三大纪律八项注意”的产生过程。

秋收起义后，毛泽东率领工农红军向井冈山进发。有的战士肚子饿了就顺手挖老乡的红薯吃；有的战士行动散漫不听指挥，打土豪没收的东西不交公。偷吃一个红薯事小，损害群众利益事大。于是毛泽东郑重宣布了三大纪律：第一，行动听指挥；第二，不拿老百姓一个红薯；第三，打土豪要归公，这成为中国工农红军“三大纪律”的雏形。“八项注意”是由“六项注意”发展而来的。1928 年 1 月，红军占领遂川县城，毛泽东不断深入群众，发现了不少问题。为了解决部队存在的纪律和作风问题，毛泽东向部队宣布了最早的“六项注意”：上门板、捆铺草、说话和气、买卖公平、借东西要还、损坏东西要赔。

“上门板”和“捆铺草”是怎么回事呢？部队在南方行军，晚上露营时常常借用老百姓的门板当作铺板，用稻草作为铺草。各家的门板高矮大小不一，部队撤离时如果不物归原主，一大堆的门板就对不上榫，因此规定上好门板、捆好铺草再离开。1929 年 1 月，“六项注意”中又增加了两项：洗澡要避女人、不搜俘虏的腰包，形成了最初的“三大纪律八项注意”。

随着红军主力长征转移到北方，宿营时要用“门板”和“稻草”铺地睡觉的情况不再有了。“八项注意”的内容相应地做了改变。后来经过多次调整规范，以“训令”的形式颁发全军。三大纪律是：一、一切行动听指挥；二、不拿群众一针一线；三、一切缴获要归公。八项注意是：一、说话和气；二、买卖公平；三、借东西要还；四、损坏东西要赔；五、不打人骂人；六、不损坏庄稼；七、不调戏妇女；八、不虐待俘虏。

抓这些具体的“小事”意义有多大呢？“不虐待俘虏”不易被认同，我们就举一个这方面的例子来体会体会。

1928 年 2 月，毛泽东在宁冈新城战斗总结会上说，白军中很多人出身于穷苦工人农民，是被迫当兵的。对俘虏“一不许打，二不许骂，三不许搜腰包；有伤的还要治疗；愿留的，吸收参加红军；愿去的，发给路费遣送回家”。这就是“不虐待俘虏”的最初出处。执行效果如何呢？

时任红四军二十八团一营四连连长的杨至诚（开国上将）讲过一个故事。

红军英雄曹福海原是国民党杨池生部的士兵，三次被俘，三次被放，还敢跟红军拼刺刀，说啥不缴枪。被俘之后，团里对他们照顾得十分周到，尽管我们生活很艰苦，药品很缺乏，但还是让他们住得舒服，吃得好，带伤的还一律给以治疗。临走那天，团里又开了个欢送会。一问还是苦出身，可人家不愿留下来当红军，咱也不能勉强，讲透彻政策后，发足路费，开好路条，就放走了，三次都是如此。到了第四次，不走了，还带过来十来个穷哥们儿，一起投奔红军。曹福海被红军优待俘虏的政策和红军中民主制度、官兵平等的军队纪律给彻底感化了，参加红军后，积极勇敢，很快当上了班长、排长，成了战斗英雄。

国民党怎么对待俘虏的红军呢？1929 年 1 月，敌人突袭了井冈山小井的红军医院。没来得及撤离的一百三十多名重伤员，被全部拖到医院附近河边的田地里，先一个个拳打脚踢，然后用机枪扫射，接着一个个补枪补刀。

这真是天壤之别！谁是匪，谁是仁义之师，昭然若揭。

毛泽东在《井冈山的斗争》里说：“对敌军的宣传，最有效的办法是释放俘虏和医治伤兵。敌人的士兵和营、连、排长被我们俘虏过来，即对他们进行宣传工作，分为愿留愿去两种，愿去的即发路费释放。这样就把敌人所谓‘共匪见人就杀’的欺骗，立即打破。”

优待俘虏是彻底的革命人道主义，连顽固的日本兵都能感化过来，例子就不赘述了。

“三大纪律八项注意”，对统一全军纪律，加强部队的思想和作风建设，具有重大的意义。正是这些“关键小事”，让共产党的军队与旧军队完全不同，成了一支群众真心拥护、纪律分外严明、战无不胜的人民军队。

再简单回顾一下古田会议。

随着形势的发展和革命队伍的扩大，红四军及其党组织内加入了大量农民和其他小资产阶级出身的同志，加上环境险恶，战斗频繁，生活艰苦，部队得不到及时教育和整训。因此，极端民主化、重军事轻政治、不重视建立巩固的根据地、流寇思想和军阀主义等非无产阶级思想在红四军内滋长严重。红四军党内特别是领导层内在一些原则问题上也存在着认识上的分歧和争论。毛泽东的正确主张没有能够为红四军领导层的大多数同志所接受。陈毅去上海向中央做了汇报，中央支持毛泽东。红四军于1929年12月28日至29日，在福建省上杭县古田村召开第九次党的代表大会，即古田会议。

古田会议最核心的内容就是政治建军，党指挥枪。如何落实政治建军，毛泽东抓了一些“关键小事”。

一、废除肉刑，不准打人；二、官兵平等，待遇一样；三、战场上绝对不许丢下伤兵。

旧军队里，打骂士兵是家常便饭，士兵的肉体和精神都受尽摧残；官兵之间极不平等；丢下伤兵的事也时有发生。这三个“关键小事”，划清了红军与旧军队的界限，为解决如何把以农民和小资产阶级为主要成分的军队建设成为无产阶级革命军队的问题，发挥了重要作用。

十八大之后的“八项规定”，也是抓“关键小事”。

2012 年底，中央政治局为整顿党风政风，出台的“八项规定”，诸如“要轻车简从、减少陪同、简化接待，不张贴悬挂标语横幅，不安排群众迎送，不铺设迎宾地毯，不摆放花草，不安排宴请”之类，可谓“小事”，但关系党风政风，关系民心向背，意义十分重大。正是因为狠抓这些小事，党风政风乃至社会风气，为之一变，人民对党更有信心了。

“小”则具体，能够落实；落实就能产生实效，就会在完成大目标的路途上迈出实实在在的一步，就会产生实实在在的示范效应和警示作用。

抓“关键小事”当然不止于政治。

著名教育家魏书生的教育改革工作就有许多抓“关键小事”的措施，比如“写日记”。

魏老师要求学生每天拿出十五分钟写五百字左右的日记，必须天天坚持。日记形式多样，内容丰富。有的是老师命题，大多是学生自命题，但总的要求是让学生把“摄影机”对准生活的光明面。

日日练笔，日日反思，日日总结，无论是思想、文笔还是技能都会在不知不觉中改进提升。魏老师更重视的是思想，他将写日记比喻成一场“道德长跑”，是“与自己对话”。让那些所见所闻、所思所感、风土人情、崇拜的人、喜欢的书、感人的事时刻影响着学生，每日一省，激励着学生不断地进取，自然成长进步得快。

不妨说说魏老师的家教。魏老师对儿子唯一的要求是：坚持写日记。魏星从小就写日记，不是隔三岔五地写，而是天天都记。他出色地考入了清华大学。在校期间就出版了从五周岁到十七岁撰写的日记专集《魏星日记》。笔者在魏星五六岁时，亲耳听到魏老师说，让儿子将来考清华。二十多年后得知魏星真的读了清华，不胜唏嘘。

抓“关键小事”有效，这是被事实证明了的真理。“关键小事”意义重大，应该抓；“关键小事”切口小，易抓住能落实。抓“关键小事”就是抓住了关键。

如何搞好我们的学习，抓“关键小事”肯定有效。针对自己的实际问题和有利条件，确定要抓的“关键小事”，然后切切实实地抓起来，我们的学习一定会有所改观。

大智若愚

“谭木匠”是全国知名的木梳品牌，它的创始人谭传华创业时把产品易虫蛀、易折断等缺点刻写在木梳上，这却让消费者看到了梳子天然绿色的优点，“谭木匠”品牌成功走向市场。谭传华秉持“我善治木”的企业理念，多年来他不做股票不炒地皮，坚持做“好公司”而非大公司。目前（2012 年）“谭木匠”专卖店已有两千多家，遍布世界各大城市。

“易虫蛀、易折断”是木梳的缺点，将这些缺点如实地刻写在木梳上，似乎是愚蠢的。仔细咂摸一下，又觉得这是极聪明的做法。因为消费者也从这一举措上看到了企业诚实无欺的经营理念。并且，消费者知道，化纤类的梳子是没有这样缺点的，有这样的“缺点”正说明梳子是“天然绿色”的。

坦诚地把缺点告诉消费者，这不是愚拙，是智慧。

“不做股票不炒地皮”，不投机，不跟风，一门心思只做自己擅长的。因为专一，所以专业；因为“我善治木”，所以“我治木善”。不是所有木梳都叫“谭木匠”，“谭木匠”的质量保证上乘。

做股票炒地皮，跟风投机，有风险；又不是自己擅长的，风险大。做木梳，信誉良好，质量上乘，稳扎稳打，立于不败之地。市场同样可以做大——走向世界。

不跟风不投机，老老实实做自己擅长的，稳操胜券，这不是愚拙，是智慧。

谭传华创业和发展，老老实实，看起来不够灵活，甚至是愚拙，但仔细分析，这不仅是智，而且是大智。正因为是大智，看起来像愚。

谭传华这样的大智若愚者，自古就有。

张衡，“举孝廉不行，连辟公府不就。”那个时代，知识分子急于走上仕途。而仕途的大门主动向张衡打开，他却“不行”“不就”。“大将军邓骘奇其才，累召不应。”太将军邓骘是朝臣中的头号权贵，多少人巴结都没有机会，张衡竟然“不应”。张衡做了太史令之后，因为“不慕当世”，以致“所居之官积年不徙”。

一般人看来，张衡够愚的。事实上，张衡淡泊宁静，心思在“阴阳历算”上，不汲汲于名利，不攀附权贵，不受权贵左右，也不被权贵牵连，保证了自尊、自由、安全、安心。

这还不算大智吗?

廉颇，渑池会后，“以相如功大，拜为上卿，位在廉颇之右”。廉颇不服，就“宣言曰：‘我见相如，必辱之。’”蔺相如官位高于自己，又是赵王的新宠，是赵国当红的政治明星，廉颇如此，明摆着找不自在吗？愚蠢！脸上堆笑，脚下使绊，才是“聪明”的做法。

廉颇得知蔺相如处处退让是以国事为重，就“肉袒负荆，因宾客至蔺相如门谢罪”。大将军的脸面尽失，愚蠢。送封信，吃顿饭，都能既解决问题又保住面子，多好啊。如果廉颇真的这样做，他就成了小人，伪君子。读罢将相和一段，蔺相如让我敬仰，廉颇给我留下的印象更深。廉颇负荆请罪，何尝不是以国事为重，同样让我敬仰。廉颇的“宣言”和“负荆”，表明他毫无机心，极其坦诚，因而可敬之外，还特别可爱。

廉颇不使智，但千古流芳。这是使智做不到的，也可叫作大智。

在我们的学习生活中，“智”“愚”的现象随处可见。比如考试，有的学生着意探听考试范围，搜集命题信息，考前突击甚至考场作弊，总是寻找获得成绩的捷径，想要轻轻松松获得高分，聪明。有的学生只知埋头苦学，完全靠心血获得高分，愚拙。但是，后者才会有真才实学。谁“智”？

为什么大智若愚呢？就因为大智绝不是机关算尽，往往就是不使智，就是愚拙。

鲁迅说：“捣鬼有术，也有效，然而有限；所以以此成大事者，亘古未有。”

大智守道，小智玩术。道法自然，大智若愚。

图书在版编目(CIP)数据

做个高人：写给学生的随笔／黄耀新，黄含枢著.
－－北京：中国文史出版社，2022.1
ISBN 978－7－5205－3145－0

Ⅰ.①做… Ⅱ.①黄… ②黄… Ⅲ.①随笔－作品集
－中国－当代 Ⅳ.①I267.1

中国版本图书馆 CIP 数据核字(2021)第 181808 号

责任编辑：卢祥秋

出版发行：**中国文史出版社**
社　　址：北京市海淀区西八里庄路 69 号院　邮编：100142
电　　话：010－81136606　81136602　81136603（发行部）
传　　真：010－81136655
印　　装：北京温林源印刷有限公司
经　　销：全国新华书店
开　　本：720×1020　1/16
印　　张：14.25　　　字数：142 千字
版　　次：2022 年 1 月第 1 版
印　　次：2022 年 1 月第 1 次印刷
定　　价：55.00 元